콩 삼형제와
속 깊은
항아리의
비밀
글·그림 백명식
달과소

콩 삼형제와 속깊은 항아리의 비밀

펴낸날 | 2013년 7월 30일 1판 2쇄
지은이 | 백명식
그린이 | 백명식
디자인 | 박기랑

펴낸이 | 은보람
펴낸곳 | 도서출판 달과소
출판등록 | 2010년 6월 21일 제2010-000054호
주소 | 우)140-902 서울시 용산구 후암동 403-15
전화 | 02-752-1895
팩시밀리 | 02-752-1896
전자우편 | book@dalgwaso.com
홈페이지 | www.dalgwaso.com

ISBN 978-89-91223-53-0 73810

국립중앙도서관 출판시도서목록(CIP)

콩 삼형제와 속 깊은 항아리의 비밀 / 글 · 그림 백명식.
-- 서울 : 달과소, 2013
  p. ;   cm. -- (맛깔나는 책 ; 2)

ISBN 978-89-91223-53-0 73810 : ₩10000

594-KDC5   CIP2013009346

콩 삼형제와
속 깊은 항아리의 비밀
글·그림 백명식
달과소

머리말

옛사람들은 장은 모든 맛의 으뜸이라고 했어.

여기서 장은 고추장, 된장, 간장을 말해.

우리가 먹는 음식에 꼭 들어가는 것들이지?

이것들이 빠지면 한국 사람들이 먹는 음식의 맛을 낼 수

가 없어.

장은 무엇으로 만들까?

장을 만드는 주재료는 콩이야.

여기에 짠맛을 내는 소금이 필요하고 좋은 물이 있어야

맛 좋은 장을 담글 수 있어. 한국 사람이라면 이 장을 먹

지 않는 사람은 거의 없을 거야.

실제로 장맛이 좋아야 음식 맛이 좋지 않겠어?

영양분은 또 얼마나 많이 들어 있어?

그 옛날 아니 그리 먼 옛날도 아니지만

우리 할머니들은 꼭 장을 손수 담그셨어.

간장이나 된장, 고추장을 항아리에 담아 보관하는

장독대가 예전에는 집집마다 있었어.

해가 뜨면 뚜껑을 열어 놓고 해가 지기 전에 덮었지.

장을 담글 때는 날을 정하고 고사까지 지냈어.

온갖 정성을 다해 장을 만들었어.

그만큼 장은 우리 음식에 없어서는 안 될 중요한 것이야.

하지만 집 구조가 서구화되면서 장독대가 없어지고 직접

담가 먹던 장도 백화점이나 마트에서 사 먹고 있잖아.

귀중한 장은 그래도 우리 손으로 직접 담가 먹어야겠지?

짭조름하고 매콤한 우리 장 많이많이 먹고 씩씩하게 생활

하길 바랄게.

지은이 **백명식**

할머니의 딸
외손자
누런 큰형님
빨간이
까만 작은형님

등장인물

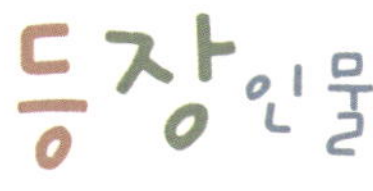

잠자리

아주머니

할머니

아저씨

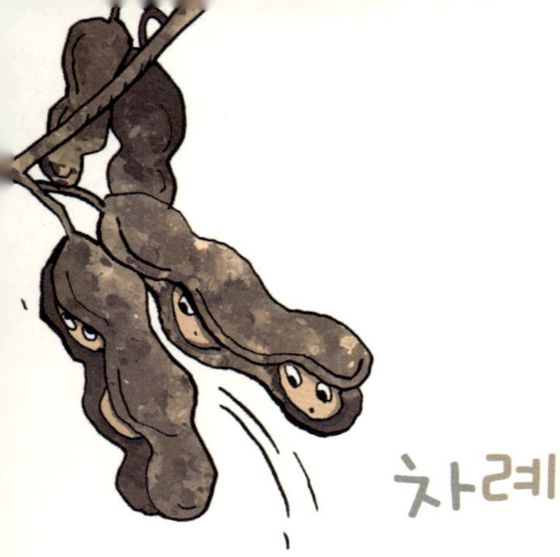

차례

빨갛고 누렇고 까만 삼형제

울창한 푸른 나무들 사이에 다글다글 붙어 있나
봐요. 보세요, 소리가 들리잖아요.

지- 찌- 스- 쓰-.

"저건 깽깽매미 소리야."

지글지글 딱따그르르 딱따그르르.

"요건 유지매미 소리고."

끄- 지- 밈밈밈밈 미-.

"허허, 참매미가 함께 울어 줘야 여름 맛이 제대로 나지."

환한 햇살이 비치는 장독대에서 도란도란 이야기 소리가 났어요.

푸른 하늘에는 뭉게구름이 한가롭게 흘러가고 있어요.

"아이, 시끄러워. 매미들은 그저 울기만 해. 나무에 딱 붙어서 울기만 해."

연둣빛 잠자리 한 마리가 장독대 위로 날아오며 투덜거렸어요.

"날개를 가지고 있으면서 날지도 않고, 볼 수 있는 눈을 가지고 있으면서 보지도 않고, 매미들은 그저 울기만 해. 바보같이."

잠자리는 장독대 위를 휙휙 날아다니며 계속 종알댔어요.

그때 누군가 힘 있는 목소리로 대꾸를 했어요.
"매미들은 바보가 아니야!"
"어? 누구지?"
잠자리는 깜짝 놀라 허공에
뚝 멈추었어요.
"누구세요?"

다시 물어보았지만 아무 소리도 들리지 않았어요. 잘못 들은 걸까요? 팔랑팔랑 날아다니며 이리저리 둘러보아도 아무 것도 보이지 않았지요.

"그럼 그렇지. 누가 저렇게 시끄럽게 울기만 하는 매미 편을 들겠어?"

잠자리는 꼬리를 흔들면서 장독대에 늘어서 있는 항아리 중에 제일 큰 것을 골라 주둥이에 살포시 앉았어요. 햇살이 따사롭고 한가로운 오후예요.

"아무 일이나 좀 일어나 주면 좋겠어."

이런 날에는 모든 것이 어제와 똑같아 보여요. 그래서 재미난 일이라도 만날까 싶어서 하늬바람을 타고 여기까지 날아왔지요. 정말 별일이나 생기면 좋겠어요.

잠자리는 앉은 채로 살랑살랑 날갯짓을 했어요.

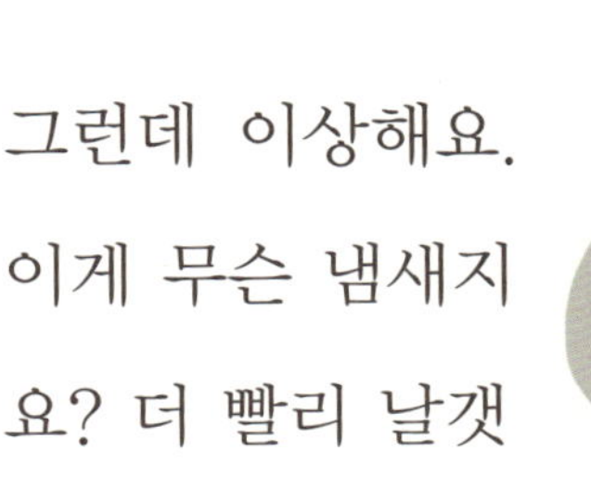

그런데 이상해요.
이게 무슨 냄새지
요? 더 빨리 날갯
짓을 하자 냄새도
더욱 빠르게 전달됐어요.

“우— 이게 무슨 냄새야?”

잠자리는 고개를 이리저리 돌려보았어요. 역시
밑에서 올라오는 냄새였어요. 항아리 속에서 말이
에요. 고개를 숙이고 안을 들여다보았지요.

“연못이 담겨 있네. 가만, 이렇게 까만 연못도
있나?”

잠자리는 슬쩍 맛을 보았어요.

"으악, 퉤퉤. 짜다 짜!"

잠자리는 도리질을 치며 재빨리 앞쪽에 있는 항아리로 옮겨 앉았어요. 처음 항아리보다 작아요. 그런데 이번에도 앉자마자 정말 희한한 냄새가 올라오는 거예요. 잠자리는 항아리 속을 들여다보았지요. 누런 연못이에요. 이번에는 맛은 보지 않고 얼굴만 쑥 내밀었어요. 그런데도 순식간에 강렬한 냄새가

온몸으로 확 덮쳐왔어요.

"오우- 냄새, 냄새."

머리가 다 띵했어요. 비틀거리다가 쭉 미끄러질 뻔했지요. 간신히 날아올라 옆에 있는 항아리 주둥이에 힘겹게 앉았어요.

"처음에는 까만색, 그 다음에는 누런색. 이번에는 무슨 색일까?"

잠자리는 항아리 속을 내려다보았어요.

"아니, 빨간색! 정말 수상한 곳이야. 이런 연못들은 한 번도 본 적이 없어."

잠자리는 몸에 밴 냄새를 날려 버리려는 듯 그 자리에서 몇 번 동그라미를 그리다가 다시 빨간 항아리에 앉았어요. 빨간 항아리에서 나는 냄새는 매콤하고 달콤했어요. 세 개 중에서 그나마 나았지요.

그때 어디선가 키득키득 웃는 소리가 난 것도

같아요. 잠자리는 고개를 홰홰 돌리며 다시 주위를
살폈지요. 저만치서 살랑바람이 나뭇잎을 흔들며
장난을 치고 있어요. 강아지는 제 꼬리를 잡으려
맴을 돌다가 긴 혀를 내밀어 헉헉거리고 있고요.
비둘기는 제 그림자에 속아 아무 것도 없는 땅바닥
에 부리질을 몇 번 하고는 하늘로 날아올랐어요.
　　잠자리는 다시 빨간 연못으로 고개를 돌렸어요.
재미난 일은 아니지만 색다른 경험이었지요.

연못을 날
아다니며 풀잎들
과 장난을 치는 일도
오늘같이 나른한 날에는
정말 지루하거든요. 호
기심을 참지 못한 잠자리
는 꼬리를 슬쩍 내렸어요.

그때였어요. 마치 늪에 빠진 것처럼 꼬리가 쑥 빨려 들어가지 뭐예요.

"으악! 잠자리 살려!"

아무리 빠르게 날갯짓을 해 봐도 꼬리는 빠지지 않았어요.

"살려 줄까?"

빨간 연못이 말을 했어요.

"살… 살려 주세요."

"좋아, 실잠자리야. 놓아주마."

"저… 저를 알아요?"

잠자리는 깜짝 놀라 물었어요.

"우리들은 저 하늘을 날아다니는 너를 여러 번 보았단다. 네가 먼저 아는 체 해 주기를 기다리고 있었지."

빨간 연못은 몸을 흔들어 잠자리를 놓아 주었어

요. 잠자리는 까맣고 누렇고 빨간 연못들이 동시에 흔들리며 웃는 모습을 보았지요.

"넌 우리들을 연못이라고 생각하지? 네가 본 것은 그런 것들 뿐일 테니까."

"하지만 보이는 것만이 전부가 아니란다."

"알고 나면 이해하지 못할 게 없지. 저 매미들도 마찬가지야."

까맣고 누렇고 빨간 연못들이 돌아가면서 말을 했어요.

"당신들은 누구신가요?"

"우리들은 죽었다가 살아난 존재들이야."

"죽었다가… 살아난?"

잠자리는 그물 같은 날개를 파르르 떨었어요.

"누런 큰형님과 까만 작은형님 그리고 빨간이나, 우리는 모두 형제란다."

빨간 연못이 말했어요.

"그럼 그럼, 우리는 모두 하나에서 나왔지. 서로

다른 경험을 하면서 셋으로 나누어졌단다."

"그 하나가 뭔데요?"

잠자리가 물었어요.

"콩이야!"

누런 큰형님과 까만 작은형님 그리고 빨간이가

동시에 말했어요.

"콩? 콩이라구요? 동글동글한 콩?"

잠자리는 믿지 못하겠는지 고개를 휘휘 저었어요. 그 모습을 보고 빨간이가 놀렸어요.

"너는 태어난 지 얼마 안 되었지?"

"그래서 모르는 게 많은 거야."

"그러니까 빨간이한테 꼬리도 담갔지."

까만 작은형님도 잠자리가 못마땅했어요. 그래서 좀 퉁명스럽게 말했지요.

"모르는 건 인정해요. 하지만 그건 순전히 호기심 때문이었다구요."

잠자리가 소리쳤어요.

"호기심은 좋은 거야."

가만히 듣고 있던 누런 큰형님이 말을 했어요.

"호기심이 많으면 더 많은 것을 이해할 수 있어서 좋단다."

잠자리는 금세 우쭐해졌어요. 하지만

"그런데 너에게는 끈기가 없더구나."

하는 말에 금방 풀이 죽었지요.

"어려서 그런 거야."

"태어난 지 얼마 안 되었으니까 갓난쟁이나 다름없지."

까만 작은형님과 빨간이가 앞다투어 말했어요.

다시 누런 큰형님이 잠자리를 보며 다정하게 말했어요.

"끈기는 아주 중요하단다. 끈기가 있으면 상대

방을 느긋하게 관찰할 수 있거든. 그러면 이해 못할 게 없단다. 네가 시간을 두고 빨간이를 내려다보았다면 꼬리를 담그어서는 안 된다는 것 정도는 저절로 알게 되었을 거야. 그리고 매미가 우는 소리도 시끄럽지 않았겠지. 오히려 아름다운 음악 소리처럼 들려서 장단을 맞추고 싶어졌을걸. 끈기만 있다면 살아가면서 투덜거릴 일은 하나도 없는 거란다.”

“잠깐만요, 끈기가 없다는 소리는 엄마한테 매일 듣는걸요. 하지만 연못 아니, 콩님들, 어리니까 당연한 거 아닌가요? 엄마도 어렸을 때는 나처럼 끈기가 없었을 거라구요. 그래서 막 투덜거렸을걸요 뭐.”

“허허허, 그 말도 맞는 말이구나.”

누런 큰형님의 대답에 자신감이 생긴 잠자리는

자기가 제법 똑똑하다는 것을 보여주고 싶었어요.

"그런데 전 콩을 잘 알아요. 벌써 인사도 몇 번이나 해 본걸요. 하지만 누런 형님이나 까만 형님, 빨간 형님은 콩이 아니에요."

"말했잖니. 우리는 죽었다가 다시 살아난 존재들이라고."

"죽었다가 다시 태어났으니 당연히 처음의 모습은 사라졌지."

그 소리를 듣고 잠자리는 얼굴을 홰홰 돌리며 도리질을 쳤어요.

"죽었는데 어떻게 살아나요? 믿을 수 없어요."

"그럼 우리 삼형제 얘기를 한번 들어 보겠니?"

누런 큰형님이 물었어요.

"좋아요. 해 보세요. 모르시겠지만 내가 제법 끈기가 있다구요."

잠자리는 누런 항아리로 바람같이 날아가 앉았
어요. 스멀스멀 퀴퀴한 냄새가 올라오지만 벌써 익
숙해졌나 봐요. 그 냄새가 제법 고소하고 달착지근
하게 느껴졌거든요.

콩의 여행

우리가 태어난 곳은 저기 보이는 밭이야. 우리의 씨가 뿌려진 곳이지. 할머니는 우리를 심을 때 꼭 한 개의 구덩이에 세 개씩의 씨를 심으셨어. 사람만을 위하시지 않고 들짐승, 날짐승까지 생각하셨기 때문이지. 우리는 들짐승에게도 먹히지 않고 날짐승에게도 먹히지 않고 잘 자랐단다. 할머니는 매일 매일 호미를 들고 와서 잡초들을 뽑아 주셨

33

어. 그 일을 하시는 동안엔 할머니의 굽은 허리도 꼭 호미 같았지. 커다란 호미가 작은 호미를 들고 부지런히 밭을 매고 있는 모습…. 우린 바람이 불 때마다 까르르 웃곤 했지.

매끄러운 집 속에서 우리는 톡톡 여물어 갔어.

햇살이 따가운 이맘때쯤 우리 삼형제는 서로서로 몸이 맞닿을 만큼 탱글탱글 살이 올랐단다.

"어머니, 이제 그만 콩을 거두어들일까요?"

"귀한 콩이니 이슬도 조금 더 먹고, 햇빛도 조금 더 먹고, 바람도 조금 더 먹어야지."

우리는 할머니와 아저씨가 하는 말을 들으며 더 열심히 자라기 위해 애를 썼어.

덩치 큰 강낭콩, 동글동글 귀여운 완두콩, 윤기가 자르르 흐르는 검은콩, 조그만 쥐눈이콩이 제 몫을 하기 위해 밭을 떠날 때도 하나도 부럽지 않

나도 갈래
톡
콩깍지가 너무 말라서 답답해

았어. 털이 보송보송 난 하얀 집 속에서 가만히 우리는 때를 기다렸단다. 자줏빛 집에서 자줏빛 강낭콩이 나오고, 초록빛 집 속에서 초록빛 완두콩이 나오고, 크고 작은 검은빛 집 속에서 검은콩과 쥐눈이콩이 나오는 모습을 보며 우리는 때를 기다린 거야.

그러던 어느 날이었어.

아침 이슬이 축축할 정도로 흠뻑 내린 어느 날,

할머니와 아저씨가 밭에 나타나셨어. 우리를 거두
어 가시려고 말이야. 우리 삼형제는 헤어지지 말자
고, 어떤 어려움이 있어도 참고 이겨내어 함께 귀
한 일에 쓰이자고 다짐했어. 할머니는 낫으로 우리
를 베어 바구니에 담으셨어. 바구니는 경운기에 실
렸지.
　달달달달.
　경운기가 시끄러운 소리를 내며 이랑 사이를 지

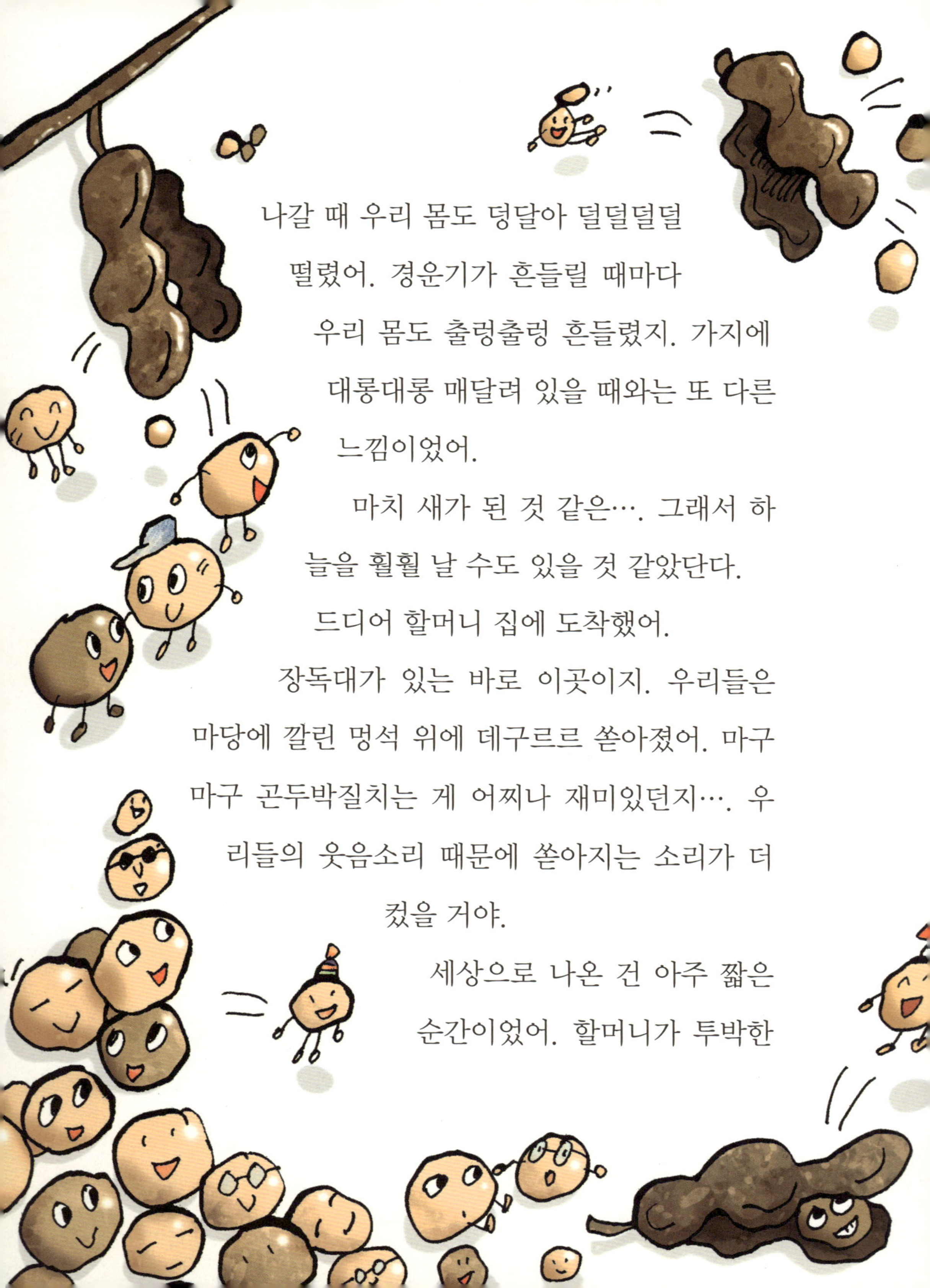

나갈 때 우리 몸도 덩달아 덜덜덜덜 떨렸어. 경운기가 흔들릴 때마다 우리 몸도 출렁출렁 흔들렸지. 가지에 대롱대롱 매달려 있을 때와는 또 다른 느낌이었어.

마치 새가 된 것 같은…. 그래서 하늘을 훨훨 날 수도 있을 것 같았단다.

드디어 할머니 집에 도착했어.

장독대가 있는 바로 이곳이지. 우리들은 마당에 깔린 멍석 위에 데구르르 쏟아졌어. 마구마구 곤두박질치는 게 어찌나 재미있던지…. 우리들의 웃음소리 때문에 쏟아지는 소리가 더 컸을 거야.

세상으로 나온 건 아주 짧은 순간이었어. 할머니가 투박한

손가락으로 우리 집을 툭 건
드리자마자 이때다! 하고 톡톡 튀
어 오른 거야.

"어머니, 콩이 살아 있는 것 같아요."

제일 먼저 이중돌기를 하며 박차고 나오는 나를
보고 한 아주머니가 말했어. 어머니라고 하는 걸
보니 할머니의 며느리인가 봐. 아저씨의 부인이라
는 소리지.

우리 콩은 그 종류가 50가지가 넘어. 하지만 우
리는 서로를 분명하게 알아볼 수 있어. 절대 헷갈
리지 않아. 색깔 하나는 확실하게 다르니까. 그
런데 사람들은 색깔이 비슷해서 잘 모르겠어. 나
는 그저 목소리와 냄새 정도로 구별을 할 뿐이
야. 목소리를 들어도 잘 모를 때는 냄새를
맡아 봐. 모든 사람에게는 그 사람만의

독특한 냄새가 나거든.

하얀 집 속에 있던 우리는 하얀콩이었어. 당연한 얘기지만 말이야.

몸이 자유로워지니까 막 신이 나는 거 있지? 그래서 할머니가 보지 않을 때 슬쩍슬쩍 몸을 뒤틀기도 하고 폴짝폴짝 뛰기도 했어.

"살아 있는 게 맞지. 그럼 그럼."

할머니가 말씀하셨어. 어? 어떻게 아셨을까? 혹시 우리가 장난치는 걸 보신 걸까? 우리는 가만히 숨죽이고 있었어.

"생명이란 쉬 꺼지는 게 아니니까. 배배 말라비틀어진 화초도 정성껏 물을 주면 다시 살아나지 않던? 밭에서 뽑아낸 배추도 예쁘다고 살살 만져 주면 그 빛이 뽀얘지구. 약도 그래. 달이는 사람의 정성이 들어가면 그 빛깔부터 달라지지.

40

우리가 귀히 여기면 콩들도 귀한 역할을 하고,
우리가 귀하지 않게 여기면 하찮은 게 되어 버
린단다."
"맞아요, 어머니. 귀한 콩들아, 잘 자라 주어서
고맙다."

아주머니가 하얗고 보드라운 손으로 우리를 쓰다듬으며 말했어. 간지러워서 우린 그만 참지 못하고 까르르 웃고 말았지. 아주머니와 할머니도 웃으셨어. 우리들의 웃음소리를 들은 걸까?

"정말 잘 자라 주었어. 귀한 메주가 될 콩들이 이렇게 잘 여물었으니 기분이 아주 좋구나."

메…주…? 이름이 좀 이상하지? 우리도 처음에는 참 요상한 이름이라고 생각했어. 더군다나 우리가 이제 메주가 될 거라니까. 하지만 귀한 거라고 하니까 더욱 궁금했지.

이제부터 우리가 어떻게 메주가 되었는지 이야기해 줄게. 우리의 첫 번째 변신이라고 해도 좋을 거야.

첫 번째 변신

입동이 막 지났으니까 제법 쌀쌀한 바람이 불던 어느 날이었어.

집에서 나와 데굴데굴 굴러다니며 자유를 만끽하는 것도 슬슬 지루해지기 시작하던 때였지. 더군다나 귀한 메주가 될 몸이라는데… 그 메주란 것이 도대체 언제 되는 것인지, 기대가 되어서 점점 더 조바심이 났기 때문에 더욱 지루했던 것 같아.

할머니는 우리들이 담겨 있는 소쿠리를 번쩍 들어 물이 가득 담긴 광주리에 쏟아 부으셨어. 농사로 다져진 할머니의 메마른 손이 우리를 구석구석 만지고 닦고 쓰다듬으셨지. 물을 몸에 흠뻑 적시는 기분이란 이루 말할 수 없이 짜릿했어. 하지만 겨울이잖아. 좀 춥기도 했지. 그때까지 우리 삼형제는 꼭 붙어 있었어.

다시 소쿠리에 담겨진 우리들은 물이 팔팔 끓고 있는 가마솥으로 직행했어. 추워서 오슬오슬 떨렸던 몸이 뜨끈뜨끈해지기 시작했지. 우리는 뜨거운 숨을 뿜으며 서로를 바라봤어. 그리고 또 키득키득 웃었지. 웃음소리는 점점 커지기 시작했어. 우리 몸이 변하고 있었거든. 근데 자기 몸은 자기가 못 보잖아? 그러니까 다른 형제들 몸이 띵띵 불어나는 것을 보면서 참지 못하고 웃어댔던 거야. 뜨거

운 물이 우리 몸에 들어오면서 단단했던 마음을 흐
물흐물 풀어 버렸어. 마음이 풀어지니까 몸도 두세
배나 커지는 거 있지.

그때 가마솥 안으로 손가락 하나가 쑥 들어왔어. 할머니야. 뜨겁지도 않으신가? 우리 삼형제는 샤샤샥 몸을 피했어. 할머니는 콩 하나를 집으셨어. 할머니 손에 들려진 콩은 엄지와 검지손가락 사이에서 꾹 눌렸어. 우리가 그렇게 귀하다면서 왜 저러시는 걸까?

"아직 덜 물렀네."

아, 우리들이 메주가 될 준비가 되었는지 보시는 거였어.

우리는 모두 몸 불리기를 마쳤어. 온몸에서 땀방울이 흘렀지. 할머니는 우리들을 대바구니에 밭치셨어. 물이 좍 빠지면서 몸이 서서히 마르기 시작했지. 몸에서는 김이 모락모락 났고 말이야.

"어머니, 식기 전에 찧지요."

할머니는 대바구니를 아저씨에게 건넸어. 아저

46

이걸로 마저 찧자.

씨의 손에는 절구와 절굿공이가 들려 있었지. 우리 삼형제가 헤어진 건 바로 이때였어. 할머니가 두 손 가득 우리를 퍼 담아 절구에 넣을 때 둘째가 그만 손가락 사이로 빠졌던 거야. 셋째는 어땠는지 아니? 마당으로 굴러 떨어졌단다. 정말 아찔한 순간이었지. 마침 아주머니가 셋째를 주워서 흐르는 물에 닦아 바구니에 던졌기에 망정이지 영원히 이별할 뻔했지 뭐야.

절구에 담겨진 나는 조금 쓸쓸했어. 하지만 괜찮아. 우리 삼형제가 그때까지 함께 있었던 것도 어찌 보면 기적과도 같은 일이었으니까. 그건 씨앗이었던 시절, 날짐승과 들짐승들의 먹이가 되지 않았기 때문에 가능한 일이었어. 밭에서 자라던 시절에는 햇빛을 충분히 받고, 빗물도 양껏 먹고, 바람도 기분 좋게 맞았기 때문에 가능한 일이었고. 자

라다가 썩어버린 콩들도 있었거든. 걔네들은 버려
졌어. 흔들거리는 경운기를 타고 밭에서 마당으로
옮겨오는 동안 땅으로 떨어진 애들도 있었지.

　　나는 다른 콩들 사이에 섞여 두 눈을 질끈 감았
어. 그러자 절굿공이가 쑥 들어왔지. 할머니가 콩
을 손가락 사이에 넣고 꾹 눌렀을 때처럼 우리들의
몸이 여기저기서 탁, 탁, 탁 터지기 시작했어. 다
시 절굿공이가 들어오자 터져버린 몸들이 이리저
리 섞이기 시작했고, 마지막으로 절굿공이가 들어
왔을 때 내 안에 섞여 들어온 콩들과 나는 하나가
되었음을 느낄 수 있었어. 간질간질한 느낌 그리고
다시 내가 커다랗게 되는 느낌이 들었지. 가마솥에
서 팔팔 끓을 때처럼 마음을 놓아 버렸어. 그리고
나는 없어졌어. 이것이 나의 첫 번째 변신이야.

　　내가 어떻게 변했을까?

질척질척한 죽? 푹신푹신한 인형? 물렁물렁한
고무?

그 모든 것과 비슷해.

콩이었을 때 나는 조그맣고 단단했지.

하지만 지금은 커지고 부드러워졌어.

나는 할머니의 손에 폭 들어갔어. 할머니의 열 손가락은 오래도록 나를 매만졌고, 할머니가 만지는 대로 내 모습은 변해갔지. 드디어, 동글동글하던 내가 네모나게 변했단다.

"어머니, 꼭 목침(나무로 만든 작은 베개)만하네요."

아주머니의 말에 할머니가 대답하셨어.

"너무 크면 쉬 썩으니까 딱 이 정도가 좋지."

"가운데는 얼마큼 눌러요?"

아저씨의 물음에 할머니는 대답할 생각도 않고 내 몸 가운데를 엄지손가락으로 살살 누르셨어. 직접 보여주실 모양이야. 아주머니하고 아저씨는 나를 뚫어져라 보고는 제법 흉내를 내셨지.

아주머니 손에 둘째가 들려져 있었어. 그런데

셋째는 어디 갔지? 아, 할머니 손에 들려 있구나.
할머니는 나를 내려놓자마자 셋째를 주무르기 시
작하셨던 거야.

"전분 좀 다오."

할머니는 셋째에게만 전분질을 섞으셨어. 그러
고는 겨우 아저씨 주먹만한 크기로 몸을 만드시는
거야. 마치 막내인 걸 다 알고 그러시는 것처럼 조
그맣게 만드셨던 거지. 그때는 그 이유를 몰랐어.
알았다면 마음이 좀 편했을 텐데…. 셋째가 단단히
삐쳤었거든.

"조그마니까 귀엽고 좋은데 뭘."

하고 둘째가 말을 해 주어도,

"다 똑같은 건 좋지 않은 거야. 다르니까 개성
있고 좋잖아."

하고 내가 말을 해 주어도 입을 샐쭉하니 내밀

기만 했지.

아무튼 우리는 다시 만났어. 새로운 모습으로 말이야. 할머니는 짚을 깔고 우리가 서로 붙지 않도록 적당한 거리를 두고 놓으셨어. 콩집에 나란히 있었던 그때처럼 따끈따끈하게 불이 지펴진 방 안에 나란히 누우니 참 좋았단다. 셋째가 좀 작기는 하지만 그래도 삼형제가 서로 비슷한 모습으로 변했다는 것, 그 기분도 꽤 괜찮았어. 우리는 그 동안 몸을 바꾸느라 많이 지쳐 있었기 때문에 꼬박 3일을 잤단다. 툴툴거리던 셋째도 많이 힘들었는지 까무룩 잠이 들었지.

일주일쯤 지났을까? 셋째에게 이상한 일이 일어났어. 몸에 하얗고 구불구불한 것이 덮이기 시작했거든.

"가려워."

"병이 난 걸까?"

우리는 걱정이 되었어. 하지만 움직일 수 없었기 때문에 셋째의 몸을 만져 주지도 못했단다. 서로 떨어져 있어도 아무렇지도 않았는데 처음으로 답답하다는 생각을 하게 되었지.

그날 오후 할머니가 우리를 보러 오셨어. 아니, 셋째를 보러 오신 거지. 그런데 이게 웬일이야? 흐뭇하게 웃으시더니 셋째를 데리고 나가시는 거야.

그러고는 한낮이 지나서야 데려오셨어. 셋째의 표
정이 밝아서 안심을 했지.

"무엇을 했니?"

"햇볕을 쬐었어."

"우아, 좋았겠다."

둘째가 말했어. 사실 나도 부러웠어. 후끈한 방
안이 여간 답답한 게 아니었거든.

"나는 다른 쓸모가 있나 봐."

셋째가 방긋 웃으며 말했어.

"어떤 쓸모?"

"그건 잘 몰라. 하지만 발그레하니 예쁠 거라고
하셨어."

"다행이다."

말을 마치자마자 우리는 다시 잠이 들었어. 겨
울잠을 자는 것처럼 끝도 없이 졸음이 밀려왔거든.

둘째와 내가 잠에서 깨어난 건 몸이 가려웠기 때문이었어. 셋째처럼 온몸에 하얀 털이 뒤덮이기 시작한 거지. 셋째가 벌써 그런 일을 겪은 걸 보았기 때문에 걱정은 안 했지만 몸이 여간 불편한 게 아니었어. 할머니는 셋째에게 그랬던 것처럼 우리도 바깥으로 데리고 나갔어.

"하얀 털이 난 게 축하할 일인가?"

  둘째의 말에
그만 웃고 말았지. 털
은 점점 더 몸속을 파고드는 것
같았어.

  오랜만에 쪼이는 햇볕은 온몸을 구석구
석 보듬어 주고 가려운 곳을 긁어 주었어. 햇살
이 참 눈부셨지. 밝은 데서 보니 우리 몸에 난 털
은 하얀 색이 아니라 누런 색이었어.

  둘째와 내가 볕을 쪼이고 다시 방 안으로 들어
왔을 때 셋째는 막 아주머니 손에 들려 나가려는
참이었어. 셋째는 워낙 자주 방과 밖을 드나
들었기 때문에 그날도 그러려니 했지.
  하지만 어쩐 일인지 밤늦도록 돌아

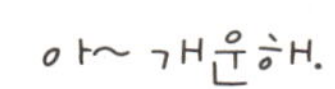

57

오지 않았어. 그 해 겨울에 우리는 더 이상 셋째를
볼 수 없었단다. 그럴 줄 알았으면 미리 작별 인사
라도 했을 텐데 말이야. 그 후로 문득문득 셋째를
보고 싶은 마음이 가슴 가득 밀려왔지만 좋은 곳에
서 귀하게 있을 거라고 생각하며 마음을 달랬어.

나와 둘째는 몇 번이나 따뜻한 방과 볕이 잘 드
는 마당을 옮겨 다녔어. 점점 몸이 마르고 있다는
것을 느낄 수 있었지.

할머니와 아저씨는 비닐하우스에 일하러 가셨
는지 통 보이지 않던 한낮이었어. 하늘에는 참새
몇 마리 포르르 날아가고 있었지. 한가롭게 마당을
쓸고 있던 아주머니가,

"어디 좀 보자. 잘 뜨고 있나?"

하시며 우리 곁으로 오셨어.

그런데 아주머니 얼굴이 심상치가 않지 뭐야.
눈도 꿈뻑꿈뻑하고 한 손으로 가슴을 쓸어내리기
까지 하셨거든. 한숨을 폭 내쉬던 아주머니는 마침
내 할머니를 불렀어. 그러고는 둘째를 가리켰지.

"어떻게 해요? 누런 곰팡이가 피어야 하는데 검
은 곰팡이가 피었어요."

곰… 팡… 이…? 우리 몸을 덮고 있던 정체가 바로 곰팡이라니, 메주만큼이나 이름이 이상했지. 그런데 가만 보니 정말 둘째의 몸에 누런 곰팡이 사이로 검은 곰팡이가 보이는 거야.
"버려야 할까요?"

버린다고? 얼마나 많은 노
력을 해서 이만큼 변신을
했는데…….
버려진다고?

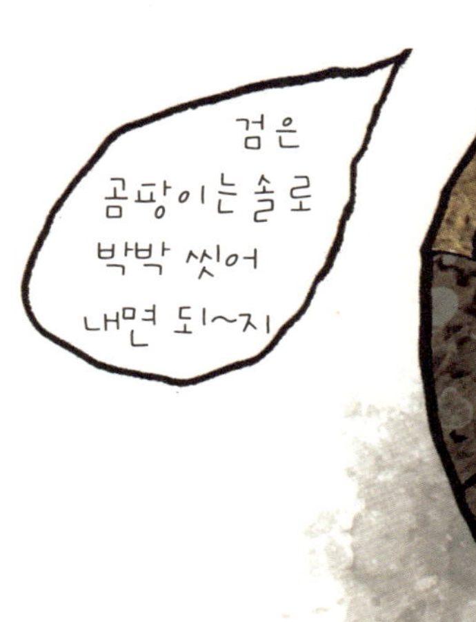

얼마나 오랜
시간이 걸려서
이만큼 변신한 건데…….
어쩌면 좋아? 가슴이 쿵쿵 뛰었어.

셋째도 버려진 걸까? 아니야, 셋째에게는 좋은 쓸모가 있다고 했어. 둘째도 분명 좋은 쓸모가 있을 텐데…….

나는 숨도 못 쉬고 주름이 가득한 할머니 입술만 바라봤어. 할머니는 둘째를 번쩍 들어 이리저리 살펴보셨지. 마치 시간이 정지한 것 같았어. 드디어 메주가 되려는 순간인데… 너무 아까워.

"됐다."

됐다니? 무슨 뜻일까?

"이 정도는 괜찮아. 방 안에 불을 좀더 때는 게 좋겠구나."

다행이야. 둘째도 겨우 안심한 눈치야. 어디서 나쁜 곰팡이가 슬금슬금 피어났던 걸까? 나는 마음 속으로 둘째가 검은 곰팡이를 이겨내기를 기도했어.

우리가 방에서 마당으로, 다시 방으로 옮겨 다니는 동안 살은 꾸덕꾸덕 말라갔어. 잘라내어진 나무토막처럼 끈적끈적하게 솟아오르던 진도 벌써부터 사라지고 없었지. 우리는 완전히 바싹 마른 기분이 되었어.

할머니는 우리를 하나하나 들어보시고는 손으로 쓰다듬으면서 노래까지 흥얼거리셨어. 그러면서 볏짚으로 묶으셨지. 열십자로 말이야. 곧 우리는 천장에 매달렸어.

"춥지 않지? 겨울을 잘 나거라. 이제 이른 봄에나 보겠구나. 그때면 아주 훌륭한 메주가 되는 거야."

우리는 아직도 메주가 아니었던 거야. 하지만 실망할 필요는 없지. 겨울만 나면 봄은 반드시 오니까. 천장에 대롱대롱 매달린 우리는 변해가는 몸

을 보며 신기해했어. 그렇게 몰랑몰랑하고 질퍽질
퍽하더니 다시 콩이었을 때처럼, 우리들이 생명을
가졌던 그 처음처럼, 단단해지고 딱딱해지는 게 얼
마나 희한했는지 몰라.

그런데 여러 날을 그러고 있으려니 조금 지루하
기도 했어. 아무 일도 일어나지 않아 심심하기도
했고, 봄이 올 때까지 이러고 있어야 한다니 답답
하기도 했지.

정월 초하루. 새해가 시작하는 첫날. 밖이 소란
스러웠어. 사람들이 많이 왔나 봐. 누구라도 방문
을 좀 열어 주었으면… 그래서 신선한 바람을 좀
쐬었으면… 따사로운 햇살도 좀 받아 봤으면… 하
는 간절한 마음이 들었어. 몸이 점점 굳어지는 것
을 느끼며 천장에 대롱대롱 매달려 있기란 여간 힘
든 일이 아니거든.

누가 우리의 바람을 들은 걸까? 갑자기 문이 홱 열렸어. 차가운 공기가 따뜻한 방 안으로 냉큼 들어왔지. 방문을 연 건 조그만 소년이었어. 서울서 산다는 할머니의 외손자인가 봐. 소년이 우리에게 한 첫인사는 소리지르기였어.

"아─아─악!"

우리가 무슨 귀신이라도 되는 것처럼 그렇게 호들갑을 떨던 소년은 기어코 자기 엄마를 불러왔어.

"무슨 냄새가 이래?"

"응, 할머니가 메주 띄우시는 거야."

"아우, 구려."

"구수하고 좋기만 한데 왜 그래?"

"구수? 어우, 어우, 구려."

"너 그러면 메주가 화내. 메주가 화나면 잘 안 뜬다."

"지금도 저렇게 떠 있는걸 뭐."

"어머 애, 그게 그 소리가 아니지. 공중에 떠 있는 거 말고, 메주로 잘 안 만들어진다고."

"그거나 그거나. 아무튼 냄새가 너무 심하잖아."

"너, 아빠 별명이 뭔지 알지?"

"청국장?"

국장이 바로 저걸
로 만드는 거잖아. 된
장, 간장, 고추장 다 저
걸로 만드는 거야. 그런
데도 싫어?"

　"된장찌개, 떡볶이, 장조
림, 다 저걸로 만드는 거야?"

　"그럼, 다 네가 좋아하는 거잖아."

그제서야 소년은 코를 틀어쥐었던 손을 내렸어.

　"그럼 언제까지 저렇게 매달려 있어야 한대?"

“봄까지. 3월 전에는 내려질 거야. 된장을 담가
야 하니까.”

“힘들겠다. 여기 쥐는 없어?”

“할머니가 벌써 퇴치하셨지. 쥐가 메주를 좀 좋
아해야지.”

“다행이다.”

“이제 냄새 안 구려?”

“헤헤, 그래도 좀 구려.”

소년은 엄마의 손을 잡고 우리에게 한 번 더 눈
길을 준 뒤 방문을 닫았어.

우리 몸에서 그렇게 심한 냄새가 나나? 하기는
그 동안 많은 일이 일어나기는 했지. 단단했다가
물렁물렁해지기도 하고, 온몸이 곰팡이로 덮이기
도 했어. 그 후로는 몸이 부글부글 끓는 것 같기도
하고, 진액이 빠져나오기도 했지. 더운 곳에서 찬

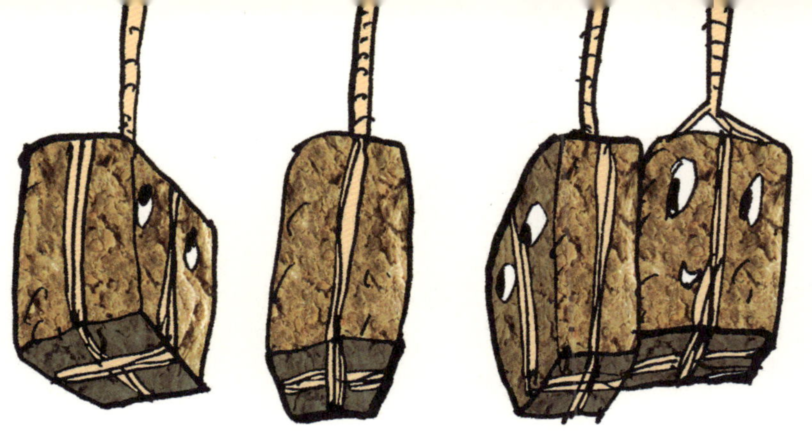

곳으로 옮겨 다니며 지금은 다시 처음처럼 단단해
지고 있는 중이니까, 우리들이 맞이할 변화의 끝은
무엇일지 잘 몰라.

　하지만 된장도 되고, 간장도 되고, 고추장도 돼
야 할 몸이니까 묵묵히 참고 견디어야지. 그런데
쥐는 어떻게 생긴 걸까? 우리를 좋아한다는 소리
는 먹는다는 소리겠지? 봄이 올 때까지 만나지 않
았으면 좋겠어. 할머니가 지켜 주시겠지.

　방문 틈으로 들어오는 바람에 햇살이 섞여 있던

날 우리는 밖으로 나왔어. 그러고는 처마 끝에 대롱대롱 매달렸지.

아, 새롭게 태어난다는 게 이런 기분일까? 싱그러운 바람이 몸 구석구석으로 들어와 숨통을 트이게 하고, 향긋한 흙냄새가 한껏 웅크려 있던 몸을 탁탁 두들겨 주는 것 같아. 우리는 처마에서도 내려와 햇볕 아래 가지런히 누웠어. 개 짖는 소리 하나 들리지 않는 조용한 한낮에 이러고 있으려니 잠이 솔솔 밀려 와. 둘째가 툭툭 몸을 뒤채는 소리를 듣고서야 게슴츠레한 눈을 떴지.

그런데 저건 뭐야? 뭔가 시커먼 게 다가오고 있는데?

눈을 좀 더 크게

떴어. 그것이 네 다리로 재빠르게 걸어오고 있어.
개는 아니야. 훨씬 작은걸. 다람
쥐라고 하기에는 밉상
이야. 양쪽 볼에 난
수염이 간들간들
흔들려. 입을 좍
벌리는데 이빨이
삐죽삐죽해.

　　찍찍찍―찌찍.
　　이제는 아주
가까이 왔어. 혹
시 쥐일까? 우리를 먹는다던? 눈을 감았어. 숨을
골랐지. 무섭지는 않아. 우리도 이제는 그렇게 물
렁물렁하지 않으니까. 아니, 돌처럼 단단한데 어
찌 먹겠어? 쥐는 오던 걸음을 멈추고는 날카로운

이빨로 처마 밑에 있는 기둥을 갉기 시작했어. 굉장한걸. 저 정도라면 돌도 갈 수 있을 것 같아. 조금씩 걱정이 되기 시작했지. 쥐는 다시 민첩하게 우리들 주위를 맴돌기 시작했어. 마치 겁을 주려는 것처럼.

그때 고양이 한 마리가 나타났어. 쏜살같이 쥐를 향해 돌진했지. 눈 깜짝할 사이에 쥐는 도망치고 말았어. 고양이는 다시 어슬렁어슬렁 마당을 가로질러 우리를 지나쳐 갔어. 고맙다는 인사도 하지 못했는데…. 곧이어 할머니가 나타나셨어. 그러고 보니 우리를 지켜 주는 것들이 아주 많은걸.

할머니는 우리를 비로 탁탁 터시고 흐르는 맑은 물에 담가 솔로 문질러 씻어 주셨어. '이제 드디어 우리가 쓸모 있게 되었구나.' 그런 생각을 하며 잔뜩 기대를 했지. 하지만 그 후로도 이틀이나 더 햇

볕을 쬐어야 했단다. 간절히 바라는 일은 쉽게 이루어지지 않나 봐. 그래도 실망하지 않았어. 겨우내 방 안에 있으면서 몸으로 기다림을 배웠거든.

햇살이 좋은 날 할머니, 아주머니, 아저씨가 모두 마당으로 나오셨어.

"목욕은 했겠지?"

"그럼요, 오늘이 바로 장 담그는 날이잖아요."

"어머니, 저는 마음 목욕만 했는데요."

아저씨가 하는 말이야.

"괜찮다. 정성이 중요하니까 마음 목욕도 목욕은 목욕이지."

할머니의 말씀에 아저씨가 빙그레 웃으셨어.

"푸른빛이 도는 걸 보니 메주가 참 잘 떴구나."

"겨우내 이 메주들이 참 고생했겠어요."

"그러니 우리도 귀하게 담가야지."

할머니는 깨끗하게 씻어 말린 항아리에 우리를
차곡차곡 넣으셨어.
"어머니, 장독풀이 한 대목 들려주세요."
아주머니가 말했지.
"그럴까?"

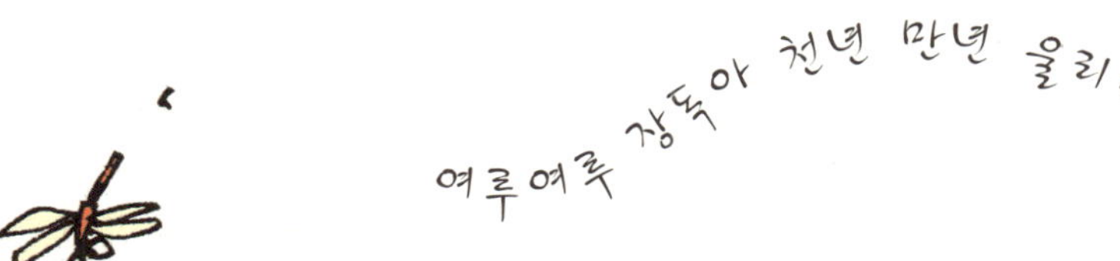

오븐 장에 꿀치고 된장 막장 꿀치고   모두 모두 다 꿀치자
여루여루 장독아 천년 만년 울리소
잡귀잡신은 소멸하고 만복은 이리로

할머니는 끊어질듯 이어지고, 그만인가 싶으면 다시 시작되는 노래를 시작하셨어.

할머니의 노래는 몇 번이나 반복되었고, 그러는 동안 우리가 담겨진 항아리에는 소금물이 부어졌어. 흐트러지려는 몸을 바로잡아야했지. 우리의 두 번째 변신이 시작되는 순간이야.

내가 된장으로 거듭나는 순간이었지.

그러니까 나는 누런 연못이 아니라 된장이라고 불러. 누런 연못이 세상에 어디 있겠어? 그런 연못이 있다고 해도 놀러올 풀벌레 하나 없을 거야.

항아리에 차곡차곡 담겨져 있으니 콩이었던 시절이 생각났어. 그때도 매끄러운 하얀 집 속에 갇혀 있었잖아. 메주였던 시절도 생각났지. 따뜻한 방 안에 갇혀 있던 시절이었고…. 지금은 항아리에 갇혀 있어. 변신을 하려면 꼭 갇혀 있어야 하나 봐. 이제는 참을성도 많아져서 두려운 마음은 없어. 또 다른 나의 변신이 기대될 뿐이지.

나는 처음에 작고 동그랬어. 콩이었을 때 말이야.

그 다음에는 크고 네모나게 변했지. 메주였을 때 말이야.

콩이었을 때는 하얀색이었어. 메주였을 때는 누런색이었지.

이번에는 어떤 모양일까? 어떤 색깔일까?

커다란 항아리 속에 있으니 커다래지는 걸까? 항아리가 흙빛이니 누런색이 황토색으로 변하는 걸까?

이런저런 생각을 하고 있는데 머리 위로 물이

쏟아졌어. 보통 물이 아니야. 짠맛이 나는걸. 하얀
가루가 툭툭 소리를 내며 쏟아져 들어와. 소금이
야. 붉은 고추랑 대추도 퐁퐁 빠졌어. 마지막으로
빨갛게 달구어진 숯이 풍덩 빠지고 푸시시 소리를
내며 빛이 꺼지자 항아리 뚜껑도 닫혔어.

이번에는 얼마나 오래 있어야 하는 걸까? 하지만 마지막 변신이라는 걸 알고 있어. 그래서 조바심 내지 않고 느긋하게 기다리기로 결심했지. 더군다나 항아리 속에는 우리 형제만 있는 게 아니잖아. 그러니 더욱 점잖게 지내기로 마음먹었어.

소금물이 조금 따끔거리기는 했지만 몸이 촉촉이 젖어들어서 좋았어. 그 동안 내 몸은 바싹 말라 있었으니까. 그런데 저 까만 숯하고 고추랑 대추는 왜 여기로 온 걸까? 아마 나처럼 다른 운명을 타고 난 모양이야. 원래 숯은 불을 지피는 데 쓰이고, 고추랑 대추는 음식이 되어 사람의 몸속으로 들어가는 것이 타고난 쓸모잖아. 그런데 여기 들어오면 불도 지피지 못하고 사람이 먹을 수도 없을 거야. 대체 왜 온 걸까?

사방에 어둠이 깔리기 시작했을 때 고추와 대추가 소곤소곤 이야기를 주고받기 시작했어.

"가만가만 무슨 소리가 들려."

"무슨 소리가 들린다고 그러시오?"

"귀신 발자국 소리."

"또 그 귀신 타령이오?"

"잘 들어 봐. 안 들려? 이 탁탁 하는 소리?"

"귀신은 동동 떠서 다닌다구. 그러니 발자국 소리가 들릴 리 없소."

"그럼 이 탁탁 소리는 뭐야?"

"개 발자국 소리요."

"그런가?"

가만히 보니 귀신 타령을 하고 있는 것은 고추였어. 대추는 그런 고추를 나무라고 있었지. 그때였어. 항아리 뚜껑이 삐그덕 소리를 내며 옆으로 흔들렸지.

"귀신이다! 귀신이다!"

고추가 소금물 속에서 통통거리며 소리쳤어.

"물렀거라! 물렀거라!"

고추는 몸을 곧추 세우고 물 속에서 날뛰었지.

"바람이오. 진정하시오."

대추가 차분한 목소리로 말했어.

"귀신을 몰아내는 것! 그것이 바로 우리의 일이야. 귀신이 틀림없어. 몰아내야 해."

여전히 고추는 흥분을 감추지 못했지.

"그럼 다들 그렇게 생각하는지 물어보겠소."

대추가 처음으로 나에게 말을 시켰어.

"메주양반, 지금 저 소리가 바람 소리요? 귀신 소리요?"

나는 빨갛게 달아 오른 고추의 얼굴과 건강하게 붉은 대추의 얼굴을 번갈아 바라봤어. 궁금증이 하나 생겼지. 고추에게 물었어.

"귀신이면 어떻게 할 건데요?"

"무찔러야지."

"어떻게요?"

"내 몸을 보여주면 돼. 귀신은 나같이 빨간 것을

아주 무서워하거든.”

　“그럼 귀신이 이 항아리 뚜껑을 열까요? 안 열

까요?”

　나는 다시 고추에게 물었어.

　“당연히 열지. 우리를 노리고 있는 게 분명해.”

　그때 대추가 너털웃음을 터뜨렸어.

　“역시 산전수전 다 겪은 메주다운 말일세.”

"산전수전? 넌 왜 웃지? 내가 너보다 더 빨갛다
는 건 알지? 그러니까 귀신은 내가 물리친다 이
말이야."

대추는 나의 말을 잘 알아들었던 거야. 고추에
게 이렇게 말한 걸 보면 말이야.

"몸을 보여주는 것으로 귀신을 물리친다고 자네
가 말하지 않았나? 그러면 흥분할 일이 하나도
없지 않은가? 가만히 있어도 귀신이 저절로 물
러갈 텐데 왜 이리 소란인가?"

"그래도 나는 흥분할 거야. 내버려 둬. 귀신이
다! 귀신이다! 귀신이다!"

고추의 그런 모습에 나는 좀 어이가 없었어. 대
추도 포기한 듯 고개를 절레절레 흔들었어. 바람은
곧 잦아들었고 사방은 고요해졌어. 고추도 그걸 알
고 있었지. 그런데도 이렇게 말했어.

“귀신이 지금 우리를 속이려고 조용히 있는 거야. 그러니까 마음을 놓으면 안 돼.”

고추를 위해서라도 귀신이 좀 나타나 주었으면 싶을 정도였어. 둘째가 말했지.

“귀신을 만나고 싶은 거예요?”

대추가 온몸을 흔들면서 웃었어.

“하하, 바로 맞혔소. 고추는 귀신을 만나고 싶은 거요.”

그러자 고추가 울상이 되었어.

“좀처럼 나타나 주어야 말이지. 그래야 내 능력을 보일 텐데…. 나를 보고 기겁을 해서 도망치는 모습을 보고 싶어. 우리 어머니의 어머니의 어머니의 또 그 어머니가 지녔던 능력을 나도 가지고 있다는 걸 보여 주고 싶단 말이야.”

“고추님이 여기 있다는 걸 알고 벌써 도망쳤는

맛있는 풀장
밀지 마.
빨리
뛰어내려.
시원해

지도 모르지요."

내가 말했어.

"그럴까? 그런 걸까?"

고추의 얼굴이 다시 환하게 밝아졌어.

"하지만 사람들이 도통 믿어 주질 않아. 그저 우리를 자기들 몸속에 넣을 생각만 하지. 사람의 조상들은 우리를 액막이용으로 사용할 줄 알았어. 나쁜 기운을 막기 위해서 우리를 방패처럼 사용했지. 근데 지금 사람들은 모두 잊었어. 잊고 말았다고."

"하지만 고추, 자네를 예 넣은 것도 바로 액막이
용이 아니던가?"

대추가 말했어. 고추는 대추를 한 번 째려보고
는 대꾸했지.

"내가 모를 줄 알고? 나는 이곳을 깨끗하게 살
균시키기 위해서 넣은 거야. 액막이용은 너뿐이
야. 너 혼자 귀신을 쫓는 일을 맡았으니 아주 책
임감이 무거우시겠구만."

"내가 왜 액막이용인가?"

대추가 근엄하게 물었어.

“너는 붉은색이니까. 귀신은 붉은색을 무서워

한다구.”

“그럼, 자네는 무슨 색인가?”

“붉은색이지.”

“그럼 자네도 액막이용이 아니던가? 살균시키

는 재주가 하나 더 있으니 그야말로 필요한 존

재가 아닌가?”

“하지만 살균시키는 건 쟤도 해.”

고추는 숯을 가리켰어.

“그리고 쟤는 뭐 안 하는 줄 알아?”

소금도 가리켰지.

“우리는 못 하나요?”

둘째가 물었어. 대추가 대답했지.

“자네들을 위해서 잡균이 생기지 않고 나쁜 냄

새가 나지 않도록 살균을 하는 걸세.”

우리들을 위해서라니 기분이 좀 이상했어.

"된장과 간장이 될 몸이니까 좀 귀하지 않겠나."

대추가 다시 말했지.

"하여튼 나는 살균 안 해. 귀신만 쫓을 거야. 그게 더 중요한 일이니까."

나는 걱정이 되었어. 사람들이 우리를 깨끗하게 만들려고 고추를 넣었는데 제 역할을 하지 않는다면 어떻게 되는 걸까? 중요한 임무이기 때문에 소금이랑 숯이랑 고추에게까지 역할을 고루 시킨 건 아닐까? 이런 저런 생각이 들었지. 하지만 고추는 너무 흥분해 있었기 때문에 뭐라고 더 말해 줄 수 없었어.

고추는 밤새 귀신을 쫓는다며 조그만 소리에도 펄쩍펄쩍 뛰었어. 그러느라 낮에는 기운도 하나 없이 쪼글쪼글 말라갔지.

사흘이 지나자 항아리 뚜껑이 열렸어. 눈부신
햇살이 쏟아져 들어왔지. 할머니의 동그란 얼굴이
우리를 내려다보고 있었어. 살포시 웃으시던 할머
니는 항아리 입을 하얀 망사로 덮으시면서 장독풀
이를 구수하게 노래하셨어.

어히여루 지신아 장독지신 울리자

꿀치자 꿀치자 이 장독에 꿀치자

강원도 벌이 날아와 이 장독에 꿀치네

그 소리에 맞춰 대추가 간들간들 흔들
리고 숯도 이리저리 맴을 돌았지.

93

　　그때 고추가 화들짝 놀라서 몸을 곧추 세웠어.
할머니의 노랫가락을 들은 모양이야. 잡귀잡신 이
대목에서는 몸까지 부르르 떨었지. 할머니는 덮은
망사를 다시 벗기고 고추를 내려다보았어.

　　"고추가 왜 이렇지? 분명히 제일 좋은 놈을 골
라 넣었는데. 저리도 말랐었나? 저리도 빛깔이
탁했었나?"

할머니의 얼굴에 근심이 어렸지.

"건져 올리고 다른 고추를 넣을까? 아니면 좀더 두고 볼까?"

고추는 할머니의 말을 듣고 소금물 속에 얼굴을 폭 박았어. 망사가 다시 씌워졌지. 고추는 기가 팍 꺾였어. 잔뜩 풀이 죽어서 그날 밤은 귀신 소동도 벌이지 않았지. 덕분에 까만 밤하늘에 총총 떠 있는 별들을 바라보며 조용한 시간을 가질 수 있었어. 하지만 고추가 불쌍해 보이기도 했지.

그날부터 할머니는 볕이 잘 드는 날이면 항아리 뚜껑을 열어 두셨어. 할머니가 항아리 뚜껑을 한 번씩 열 때마다 우리 몸은 조금씩 더 풀어졌지. 돌처럼 단단했던 우리는 가장자리부터 서서히 부스러졌어. 부스러진 둘째의 몸은 소금물 속에 섞여들어 흔적도 없이 사라지곤 했고, 소금은 둘째를 묵

묵히 받아 주었어. 둘째는 소금이 좋다고 했어. 소금과 함께 있으면 편하다고 했지. 둘째와 소금은 참 잘 어울렸어.

소금이 하는 말은 신비스럽기도 했지.

소금은 바다에서 왔다고 했어.

"바다는 끊임없이 파도가 출렁이는 곳이란다. 쉼 없이. 그 속에는 나처럼 작은 물고기에서부터 이 항아리보다 열 배나 큰 물고기까지 많은 물고기들이 살아. 물고기들은 매끈한 배로 푸른 바다를 나폴나폴 헤엄쳐 다녀."

"나비가 하늘을 날듯이?"

바다를 본 적이 없는 나는 머릿속으로 상상을 하면서 들어야 했어.

"응, 나비가 하늘을 날듯이. 그리고 바다 밑에 사는 물고기들은 이루 말할 수 없이 아름답단

다. 대부분 투명한 몸을 하고 있어. 붉은빛, 초록빛, 노란빛, 보랏빛. 그 다음에 연둣빛을 띤 분홍빛, 자줏빛을 띤 푸른빛, 하얀빛을 띤 주홍빛을 하고 있는데 그게 모두 투명한 빛인 거야.

그래서 물고기 뒤로 수많은 물풀과 푸른 바닷물
이 다 비친단다.”
　나는 다시 노란빛의 투명한 나비를 떠올리고 그
뒤로 꽃들과 푸른 하늘이 비치는 모습을 떠올렸어.
상상만으로도 감탄이 절로 나왔지. 소금이 바다에
대한 이야기를 하는 동안은 무뚝뚝하던 숯도 고개
를 끄덕끄덕했고, 말이 많은 고추도 이야기를 듣느
라 가만히 있었어.
　“그럼 너는 어떻게 여기로 오게 됐니?”

"나는 바닷물 속에
녹아 있었어. 지금처
럼."
그 말은 쉽게 이해됐어. 눈으로 보
고 있으니까. 몸으로 느끼고 있으니까.
"사람들이 나를 가두어 볕을 쪼이게 했단다. 그
러면 물은 없어지고 나만 남거든."
"그럼 너는 다시 바다로 가고 싶니?"

그 말을 물으며 나는 내가 다시 밭으로 가고 싶은가 생각했어.

"아니, 지금 이대로가 좋아."

소금이 대답했어.

그건 내 생각과도 같았어. 밭에서는 밭에서 대로 어려운 일도 있었고 즐거운 일도 있었던 것 같아. 그리고 지금 나는 변화하고 있고, 힘든 것도 있지만 보람도 있고 기쁨도 있지. 그리고 정작 밭으로 갈 수도 없는데 가고 싶다는 생각을 하면 그것처럼 불행한 일이 또 있을까? 안 그래?

낮이 되면 따사로운 햇살을 받고 밤이 되면 반짝반짝 빛나는 별빛을 받으며 나는 소금물과 더 많이 어우러졌어.

하지만 늘 그렇게 아무 일 없이 편안하게 지냈던 것만은 아니야. 그때 일을 생각하면 아직도 몸

100

이 꽁꽁 얼어붙는 것 같단다. 무슨 일이냐고?

우리가 항아리 속에 한 달쯤 있었던 어느 날 밤이었어.

별 하나 뜨지 않은 아주 어두운 밤이었지. 달님도 구름 속에 가려져 보이지 않았어. 풀벌레 우는 소리조차 들리지 않았으니까 얼마나 조용한 밤이었는지 알겠지? 한 줄기 바람이 항아리에 부딪쳤을 때 우리는 깜짝 놀랐단다. 바람이 불면 비가 올지도 모르거든. 우리는 비를 맞으면 안 되는데 아직 뚜껑이 닫혀 있지 않았던 거야.

평소 할머니와 아주머니는 점심을 먹고 나서는 꼭 우리에게 오셨어. 두 분의 손에는 행주가 들려 있었지. 행주로 항아리를 닦을 때마다 할머니는 항상 같은 소리를 하셨어.

"절대 비를 맞히면 안 된다. 내가 정신이 없어서

챙기지 못할 때는 너라도 챙겨야 해.”

“바람 부는 날에는 특별히 조심할게요.”

아주머니는 할머니의 그 다음 말을 알고 있기 때문에 이렇게 대답하곤 했어.

“그렇지, 바람이 불면 비가 올 수 있으니 더 신경 써야 해.”

“장 담그는 일은 보통 정성 가지고는 안 되는 것 같아요.”

“마음만 있으면 모르는 것도 알게 되고, 힘들이지 않고 노력도 할 수 있는 거란다.”

할머니는 알 듯 말 듯 한 소리를 하셨어. 우리를 놀라게 한 건 다음 소리였지.

“가시가 돋치면 이 아까운 장을 다 버려야 해. 생각만 해도 끔찍한 일이지.”

“정성들인 장에 구더기라니, 그런 일은 절대 없

어야죠."

　가시란 바로 구더기를 말했던 거야. 그 얘기를
처음 들었을 때는 말이 다 안 나왔어. 우리 몸에
그런 벌레가 생길 수 있다는 게 도무지 믿겨지지
않았지. 그런데 그런 일이 지금 벌어질 수도 있다
는 거잖아.

고추는 바람 소리에 몸을 꼿꼿이 세우고 귀를 바짝 기울였어. 대추는 고추가 귀신타령을 하기 전에 말했지.

"이건 바람일세."

"나도 알아. 비를 가져오는 바람이지. 물기를 이렇게 잔뜩 담고 있는 걸 보면 비를 가져오는 바람이야. 바로 귀신 짓이지. 이제는 바람까지 끌어들이고 있어."

"이게 어떻게 귀신 짓이오? 귀신이 치맛자락을 펄럭이기라도 한다는 거요?"

"귀신이 비를 깜빡 속일 거야. 바람이 부는 줄 알고 비는 서둘러 내리겠지. 그러면 이 안에서 허연 구더기가 자라게 될 거야. 어쩌면 좋아, 어쩌면 좋아."

고추의 얼굴이 점점 더 빨개졌어.

우리는 모두 바람이 귀신 짓이 아니라는 것을 알고 있었기 때문에 더 초조해졌지.

오늘 같은 날, 할머니는 어디 가신 걸까? 그토록 우리를 살뜰하게 보살피시던 분이 왜 오시지 않는 걸까?

바람은 또 다른 바람을 부르고 있었어. 조금 있으니 떼 지은 바람이 연달아 불기 시작했지. 항아리는 무엇에라도 맞는 양 계속해서 퉁퉁 소리가 났어. 소리가 한 번씩 날 때마다 가슴도 한 번씩 무너져 내리는 것 같았어.

아주머니는 왜 뚜껑을 닫지 않은 걸까? 할머니가 그렇게 신신당부했건만, 우리가 비를 맞으면 안 된다는 걸 매일 들어놓고도 어디에 가서 오지 않는 걸까?

아저씨라도 오면 좋으련만, 비닐하우스 일도 다

끝났을 텐데, 혹시 지금 오시는 중일까? 그럼, 어디만큼 오셨을까?

말이 없는 숯도 연달아 헛기침을 했어. 불안한 마음을 진정시키려는 거였지. 대추는 원망스럽게 하늘을 바라보았어. 고추는 여전히 어쩌나 어쩌나 소리를 연발하며 콩콩 뛰고 있었고. 소금과 한데 어우러진 우리는 마음 속으로 간절하게 기도를 할 뿐이었지.

비가 오지 않기를, 아니면 비가 오기 전에 그 누구라도 와서 우리를 봐 주기를 바랐어.

하지만 기어코 가는 빗소리가 들리기 시작했어. 비는 산에서부터 시작되고 있었어. 나뭇잎들 위로 툭툭 쏟아지는 소리가 들려. 빗소리는 점점 더 가까워지기 시작했지. 조금 있으면 우리도 덮칠 거야. 가시라니, 구더기라니, 생각하고 싶지도 않아.

벌써 몸이 근질근질해 오는 것 같아.

그때였어. 마당으로 뛰어 들어오는 사람이 하나 보였지.

"여기예요, 여기. 우리 좀 살려 줘요."

고추가 소리쳤어.

"비 좀 막아 주세요. 장독대예요. 장독대로 와 주세요."

나와 둘째도 있는 힘껏 외쳤지. 우리들의 소리를 들은 걸까? 걸음을 바꾸어 우리 쪽으로 오고 있어. 아주머니야. 그런데 처음 보는 얼굴인걸. 아주머니는 말간 얼굴로 우리를 내려다보시더니 휴– 하고 안도의 숨을 쉬셨어. 그러고는 달그락 소리를 내며 뚜껑을 닫으셨지. 그러자마자 뚜껑 위로 굵은 빗줄기가 후두둑후두둑 쏟아졌어. 비는 밤새도록 내렸어. 조금이라도 늦었다고 생각해 봐. 우리 몸

에 하얀 가시가
덮일 수밖에 없잖아?
이렇게 많은 비를 맞는데 말
이야.
　걱정을 하도 많이 해서 우리는 금세 지쳤어. 고
추조차 어깨가 축 쳐졌지. 그런데 그것 때문만은

아니었나 봐. 몸이 자꾸 아파오기 시작했거든.

다음 날이 되자 본격적으로 몸이 쿡쿡 쑤셔오기 시작했어. 숯은 그런 나를 찬찬히 살펴보더니 언제나 꾹 다물어져 있던 입을 열어 말을 했어.

"비, 살균, 살균."

그러고는 항아리 안 이곳저곳을 열심히 청소하고 다녔지. 사실 평소에도 숯은 아주 부지런해. 그래서 이제 그만 쉬라고 말하고 싶을 정도인데 더 많은 일을 찾아서 하는 모습을 보니 미안한 생각이 들었어.

"비가 살짝 들어왔던 거요."

대추가 말했어.

"그래서 자네 몸이 아픈 거고."

"가시는 나지 않겠지요?"

둘째가 걱정이 되는지 물었어. 사실 나도 걱정

110

이 이만저만 되는 게 아니야. 겁이 나서 묻지 못하고 있었던 거지.

"오늘 햇볕을 쪼일 수 있다면 좋겠는데."

대추는 그렇게만 대답했어. 하지만 해는 나지 않았지. 비는 그쳤지만 먹구름은 해를 놓아주지 않았어. 몸이 더 아파오기 시작했어. 가시 생각 때문에 가끔씩 몸서리도 쳤지. 그러자 고추가 나를 빤히 쳐다봤어.

"아파? 살균이 안 돼서 아픈 거야?"

"숯님이 저렇게 열심히 일하시니까 괜찮겠지요. 또 소금도 같이 있으니까."

"쳇! 그러니까 나는 필요 없다는 소리군?"

"네?"

"내게 살균을 하는 재주가 있다는 거 깜빡했나? 깜빡했어?"

"자네는 귀신만 쫓는다고 하지 않았나?"

대추가 웃으면서 슬쩍 말했어.

"귀신! 귀신! 여기에 살짝 들어온 비가 사실은
귀신인지도 몰라. 그러니까 내가 살균을 하는
건 귀신을 쫓는 거라구."

"귀신은 자네만 보면 그냥 도망간다고 하지 않
았나?"

대추는 간신히 웃음을 참으며 그렇게 말했지.

"요즘 귀신은 모양을 바꿔. 모양을 바꾸면 그건 귀신 퇴치법으로는 없애지 못하는 거야. 바뀐 모양에 맞는 방법으로 물리쳐야 해."

"그거 말 되는구먼."

대추는 그쯤 해 두었어.

고추는 생각보다 일을 아주 잘했어. 항아리 벽 쪽으로 딱 붙어서 말끔하게 청소를 해 내려가는데 그 솜씨가 제법이었지. 저렇게 마음만 먹으면 어떤 일도 뚝딱 잘하면서 왜 그 동안 빈둥거렸는지 몰라. 덕분에 숯이 한숨 돌리게 되어서 나도 마음이 좀 편해졌어.

다음 날에는 해님이 나왔어.

할머니는 뚜껑을 열어 우리를 내려다보셨지. 옆에는 아주머니도 있어.

"어머니, 별 탈 없는 것 같죠?"

"그렇구나. 이웃사촌이라더니, 통화 끝나자마자

한달음에 달려 왔다지? 다행히 비가 내리기 전

114

에 뚜껑을 닫을 수 있어서 천만다행이었어."

"옆집 아주머니가 전화를 안 받았더라면 아주 큰일이 날 뻔했어요."

"장 담그고 나서는 마실도 편하게 간 적이 없는데… 그 먼 서울에를 가면서 장독 뚜껑도 덮어 놓지 않고 갔으니 나도 많이 늙었나 보다."

"제가 못 챙겨서 죄송해요. 어머니가 늘 그렇게 당부하셨는데."

"우리 앞으로 더 정성껏 돌보자. 그러면 장맛도 괜찮을 거야."

"예, 어머니."

할머니와 아주머니는 비에 젖은 항아리를 깔끔하게 닦아내셨어. 우리는 햇살을 쭉쭉 빨아들였지. 몸이 서서히 가벼워졌어. 그 순간 내 몸은 또 부스러져 소금물에 섞여 들어갔단다.

항아리 속에 담겨진 지 40일이 되자 할머니의
구수한 장독풀이가 들려왔어.

어여루 지신아 장독가세로 울리세
이 장독이 생길 적에 명산 잡아 생겼구나
앞 밭에 콩 심어 부지런히 가꾸어서
가을이라 추수하여 여기저기다 재어 놓고

바닷물을 길어다가 염밭을 다룬 후에
염밭 따라 소금 내어 여기저기 재어 놓고
향하수를 길어다가 이것저것 품어 놓고
콩을 씻어 미주 쑤어 뜨신 방에 달아 놓고
거미줄 닦은 후에 깨끗이 씻어 놓고
좋은 날 같이 받아 오색토록 금토 놓고

이 집이라 대부분인 이 장을 담을라고
중탕에 목욕하고 하탕에 손발 씻고
상탕에 물을 떠서
조왕축제 푸념이다.

할머니의 노랫소리를 들으니 눈물이 핑 돌았어. 그 동안 겪었던 일들이 머릿속에 또렷하게 그려져 서 말이야.

할머니는 소금물에 덜 풀어진 나를 건져 올리시고는 다른 항아리에 담으셨어. 그러고는 기어코 소금과 함께 버무리셨지. 함께 있을 때 소금하고 잘 어울리지 않던 나였는데…. 이렇게 나는 된장이 되었지.

이제 둘째도 예전의 둘째가 아니고, 둘째와 함께 어울렸던 소금도 예전의 소금이 아니야. 둘은 함께 간장이 되었지.

역시 우리는 형제야. 스스로 하든 남이 해 주든, 어쨌든 소금하고는 어울리게 되었으니까.

둘째는 더욱 완전해지기 위해 불에 한 번 달여졌어. 그러고는 찬바람에 몸을 식혔지. 그 다음 항

아리로 들어갔어. 장독대를 보면 뒤쪽으로 가장 큰 항아리가 바로 까만 간장 항아리, 둘째가 있는 곳이야. 그 앞쪽으로는 조금 작은 항아리가 있는데 누런 된장, 바로 내가 있는 곳이지. 그 옆으로 작은 항아리가 하나 더 있어. 셋째가 올 곳이야. 나

는 그렇게 믿고 있었어. 그리고 그 믿음은 얼마 지나지 않아 현실이 되어 나타났지.

둘째와 나는 하마터면 셋째를 알아보지 못할 뻔했어.

"너, 색깔이 왜 그래?"

나도 누런색으로 변했으면서 셋째에게 그렇게

물었지 뭐야.

"할머니의 말씀이 맞았어. 나는 정말 발그레한

빛을 얻었어."

"그건 발그레한 정도가 아니라 빨간 거야."

둘째가 말했어.

"어떻게 된 일인지 얘기나 들어 보자."

　셋째는 우리보다 작고 얇은 메주로 만들어졌던
거 기억하지?
　메주를 띄우는 시간도 무척 짧아서 일찍 이별을
했던 거잖아.
　"나는 형들과 헤
어진 후 가루로
곱게 빻아졌어."
　"오우—."

둘째와 나는 동시에 말했어. 가루가 되는 것. 셋
째만이 해 본 경험이니까.

"근데 지금 나는 나만이 아니야."

"그게 무슨 소리야?"

"나는 지금 여러 친구들과 섞여 있어."

"혹시 그 중에 소금도 있니?"

"그걸 어떻게 알았어?"

둘째와 나는 웃음을 터뜨렸어.

"소금은 정말 좋은 친구지."

내가 말했어.

"그리고 이제는 하나가 되었지."

둘째도 말했어.

"나는 소금뿐 아니라 고춧가루, 전분질 곡물, 엿
기름과도 섞였어."

"고춧가루가 너에게 빠알간 색을 주었구나."

“엿기름은 너에게 단맛을 주었고.”

“그리고 전분질 곡물이 서로를 단단하게 이어 주었을 거야.”

셋째는 고개를 끄덕끄덕했어.

“그렇게 해서 나는 고추장이 된 거야. 나는 이제 더 이상 콩도 아니고 메주도 아니야. 바로 빨간 고추장이지.”

그래서 장독대 앞줄에 있는 조그만 항아리에는 고추장이 담겨 있는 거란다.

빨갛고 누렇고 까만 것의 이름

"이것이 우리들의 이름이야. 고추장, 된장, 간장. 우리는 모두 콩에서 시작되었고, 하얀 집에 오랫동안 머물렀지. 메주로 다시 태어나 따사로운 방에서 겨울을 났지. 그리고 장으로 다시 태어났어. 장독대 항아리 속에서 낮에는 햇살을 받고 밤에는 별빛을 받으며 지내고 있단다. 이제 우리가 모두 콩이었다는 것을, 그리고 우리가 죽었다가 다시 살아난 존재들이라는 것을 이해하겠니?”

누런 큰형님이 잠자리에게 물었어요. 잠자리는 벌린 입을 다물지 못했지요.

“이렇게 긴 이야기를 끝까지 듣는 걸 보니 과연 끈기가 없지는 않구나.”

잠자리는 그제야 날개를 파닥거렸어요. 날갯짓을 하는 것도 잊고 있었던 거예요.

“아, 정말 재미났어요. 나도 그런 경험들을 해 보고 싶어요.”

“아무나 할 수 있는 경험은 아니지. 그건 우리가 살아가는 방식이란다. 네게는 네가 살아가는 방식이 있는 것처럼.”

“매미에게는 또 매미가 살아가는 방식이 있는 거고.”

까만 작은형님이 말했어요.

그때 할머니가 장독대로 나오셨어요. 잠자리는
재빨리 몸을 피했어요. 뒤따라 나오는 사람이 있었
거든요. 잠자리가 제일 무서워하는 어린 남자 아이
에요.

“할머니, 잠자리요.”

보기도 참 잘 본다니까요. 잠자리는 얼른 달아
났어요.

“할머니, 봤어요? 고추잠자리?”

“고추잠자리는 가을에나 있는 거야. 지금은 여
름인걸.”

“하지만 분명히 꼬리가 빨갰어요.”

“거 참 이상하구나.”

할머니는 고추장에 씌워진 헝겊을 벗기셨어요.

“할미가 해 주는 고추장찌개가 그렇게 맛있던?”

“네!”

아이는 큰 소리로 대답했어요.

“생각만 해도 이렇게 침이 꼴깍꼴깍 넘어가요.
그런데요, 내가 고추장찌개 먹었다고 자랑하니
까 승아가 그런 게 어딨냐구 막 그랬어요.”

128

“승아?”

할머니는 고추장을 푸다 말고 물으셨어요.

“엄마한테는 비밀인데요, 내 짝꿍이에요.”

“짝꿍인 게 비밀이야?”

“아니, 옆에 앉는 짝꿍이 아니구요. 여자친구라
고요.”

“아유, 우리 손주한테 벌써 여자친구가 있어?”

“헤헤.”

“그럼 승아도 한 번 오라고 해. 할머니가 고추장
찌개 맛있게 해 줄 테니.”

“정말이요?”

“그럼.”

할머니는 고추장 항아리를 다시 덮고 된장 항아
리에 씌워진 헝겊을 벗기셨어요.

“된장이 참 잘 되었구나. 맛 좀 보겠니?”

“이게 메주로 만든 거지요? 겨울 동안 방 안에 매달려 있던 메주 말이에요.”

“똑똑하기도 하지.”

“맛은 안 볼래요.”

아이는 메주 냄새를 떠올리고는 인상을 찌푸렸어요. 할머니는 된장을 손으로 푹 찍어 맛을 보셨어요.

“아유 참, 고소하기도 하다.”

“고소해요?”

“응, 좀 줄까?”

아이는 어찌할까 망설이면서 할머니 얼굴과 된장을 번갈아 보았어요. 그러더니 할머니가 손가락으로 다시 퍼 올린 된장 끝에 살짝 혀를 대었어요.

“어? 별로 안 구리네요.”

“구리기는? 고소하기만 한걸.”

할머니와 아이가 여름 햇살처럼 환하게 웃어요.

할머니는 된장을 덮으시고 항아리도 한 번 쓰다

듬어 주신 후 집으로 들어가셨어요. 아이도 할머니

를 뒤따라 들어갔지요.

잠자리가 다시 날아왔어요. 꼬리에는 여전히 빨간 고추장을 묻힌 채였어요.

"인사를 하려고요. 재미있는 얘기를 들려주어서 고마워요."

"덕분에 우리도 지난 일을 떠올릴 수 있어서 좋았단다."

하늘 저편에는 한 떼의 잠자리가 장독대를 향해서 날아오고 있어요.

"이크, 모두들 나를 찾으러 나왔나 봐요."

"너무 오랫동안 보이지 않아서 걱정이 되셨나 보구나."

빨갛고 누렇고 까만 고추장, 된장, 간장은 잠자리에게 인사를 했어요.

"또 놀러 오렴."

"우리들의 이야기는 아직도 많이 있단다."

"같이 있는 동안 즐거웠다."

잠자리는 제 가족이 있는 무리 쪽으로 가볍게 살랑살랑 포르르 날아갔어요. 누런 큰형님의 이야기를 듣는 동안 마음의 키가 부쩍 자란 것도 모르고 말이에요.

하지만 어느 순간 깨닫게 될 거예요.

매미의 울음소리에 장단을 맞추고 있는 자신을 발견하게 될 테니까요.

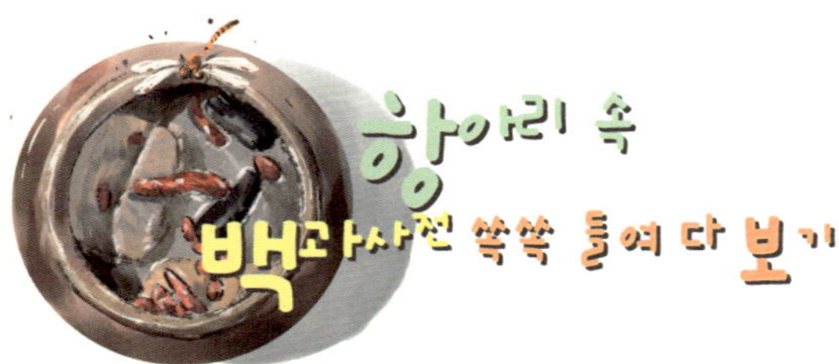

우리 민족이 스스로 만들어낸
독창적이고 고유한 향신 조미료 고추장!

고추장으로 맛을 낸 음식들은 아주 많아요. 떡볶이, 비빔국수, 비빔냉면, 비빔밥, 매운닭찜, 돼지고기 볶음, 온갖 찌개와 탕, 나물에 이르기까지 그 수를 헤아릴 수 없지요. 고추장이 없다면 세상은 얼마나 '맛'이 없었을까요?

고추장이 있기 전에는 무엇을 먹었나요?

고추가 우리나라에 들어온 건 임진왜란 무렵이에요. 고추장은 16세기 이후에서야 개발되었지요. 고추장이 없었을 때는 산초, 천초, 호초를 이용해서 매운 맛을 내었어요. 산초는 산초나무, 천초는 조피나무, 호초는 후추나무의 열매예요. 호초는 여러분도 잘 알고 있는 후추랍니다.

천초

호초

산초

우리 조상들은 고추장을 어떻게 담가 먹었을까요?

고추장을 담는 방법은 조선 중기 《증보산림경제》(1766)라는 책에서 처음 소개되었어요. 지금과 비슷한 방법으로 장을 담갔는데, 장의 맛을 좋게 하기 위해 말린 생선, 다시마 등을 첨가했다고 기록되어 있지요.

영조 때 이표가 쓴 《수문사설》(1740)에는 순창 지방에서 고추장 담그는 방법이 소개되었는데 전복, 큰 새우, 홍합, 생강 등을 첨가해 다른 지방과는 다른 맛을 내었다고 해요.

순종 9년 빙허각 이씨가 쓴 《규합총서》(1809)에는 꿀, 육포, 대추를 섞어 고추장을 담는 방법이 소개되어 있어요.

이처럼 우리 조상들은 고추장의 맛과 영양가를 높이기 위해 아주 많은 노력과 정성을 들였답니다.

고추장 만들기

재료
찹쌀가루 4되, 메줏가루 4되,
고춧가루 5되, 소금 4되,
엿기름 가루 1컵

고춧가루

엿기름

소금

메줏가루

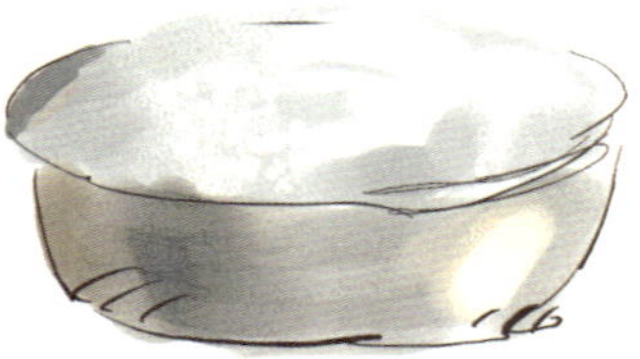

찹쌀가루

❶ 찹쌀을 가루로 내어 경단처럼 동글동
글하게 익반죽(뜨거운 물로 반죽)한 뒤
다시 큼직하고 얄팍하게 빚은 후 끓
는 물에 삶아 내요. 이때 삶아 낸 물
은 버리면 안 돼요. ❷번과 ❸번에서
필요하거든요.

❷ 삶아서 건진 찹쌀떡을 양푼에 담아 식
기 전에 쳐서 풀어요. 조금 되다 싶
으면 떡 삶은 물을 부어 충분히 풀어
주어요.

❸ 떡 삶은 물은 다른 양푼에 옮겨 적당히 식으면 엿기름을 타서 떡 물을 삭혀요. 이때 엿기름은 하루 전날 밤에 엿기름 가루 1컵 당 물 4컵을 타서 놔두었다가 윗물을 따라서 사용하는 것이 좋아요.

❹ 삭힌 떡물은 체에 밭혀 다시 끓인 다음 식혀서 떡을 풀어놓았던 양 푼에 부어요. 그러면 떡이 부드러 워지면서 누글누글해져요.

❺ 완전히 식으면 고춧가루를 넣어 골고루 섞이도록 충분히 저어 줘 요.

❻ ❺번에 메줏가루를 넣고 골고루 섞이도록 잘 저어 줘요.

❼ 완성된 고추장을 항아리에 담아 요.

❽ 항아리에 담은 고추장은 햇볕에 놓아 표면이 꾸덕꾸덕하게 마르 면 소금을 얹어요. 고추장의 표면 이 마르기 전에 소금을 얹으면 소 금이 녹아 고추장에 배어들게 되 므로 좋지 않아요.

 ### 고추장을 대표하는 순창 지방의 고추장

고추장이 맛있기로 유명한 곳은 해남, 순창, 진주 지방이에요. 특히 전라북도에 위치한 순창 지방에서 만든 고추장은 그 맛이 특별하지요.

유별난 순창 지방의 고추장 맛은 조선 시대로 올라가요. 조선을 개국하기 전 이성계가 무학대사를 만나러 순창에 갔을 때였어요. 그때 어느 민가에서 고추장 비빔밥을 먹게 되었지요. 이후 조선을 개국한 이성계는 순창 지방의 고추장을 진상하도록 지시했어요. 그리고 뽕잎과 매실 등을 넣어 만든 순창 지방의 고추장 비빔밥을 자손만대에 전승하도록 어명을 내렸다고 해요.

순창 지방의 고추장이 맛있는 이유

① **물맛이 좋아요**
  삼한 시대, 이곳 지명이 옥천(玉川, 玉泉)일 정도로 물맛이 좋아요.

② **메주가 달라요**
  다른 지방에서는 10월 무렵에 메주를 쑤어 봄에 담가요. 하지만 순창에서는 음력 7월(처서) 무렵에 메주를 만들어 동짓달에 고추장을 담근답니다.

③ 순창에서 생산된 좋은 찹쌀과 고추를 이용해요.

저기 보이는
집에서 뭐 좀
먹고 가야
겠다.

히잉~
나도 정말
배 고프다.

고추장 비법

저기 보이는
집에서 뭐 좀
먹고 가야
겠다.

 ## 고추장은 종류도 다양해요

고추장은 지방에 따라 재료와 만드는 법이
다양하게 발달되었어요.

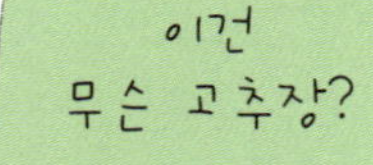

찹쌀고추장 = 메줏가루 + 고춧가루 + 찹쌀가루

멥쌀고추장 = 메줏가루 + 고춧가루 + 멥쌀가루

수수고추장 = 메줏가루 + 고춧가루 + 수수

보리고추장 = 메줏가루 + 고춧가루 + 보리

밀고추장 = 메줏가루 + 고춧가루 + 밀

팥고추장 = 메줏가루 + 고춧가루 + 팥

무거리고추장 = 메주 무거리 + 굵은 고춧가루

고추장으로 만드는 소스

까나리액젓 고추장 소스

고추장 2큰술, 까나리액젓 1/2작은술, 멸치다시마물 3큰술, 설탕, 다진 마늘, 다진 파 약간씩을 준비하여 고루 섞어요. 시금치나 참나물, 취나물 등을 무칠 때 이용하면 좋아요.

고추장 사이다 소스

고추장 3큰술, 사이다 2큰술, 설탕, 식초 적당량을 준비하여 고루 섞어요. 오징어, 마른 멸치, 마른 다시마를 찍어 먹으면 새콤달콤한게 아주 맛이 있답니다.

고추장 꿀소스

고추장 3큰술, 꿀 1큰술, 참기름과 깨소금을 약간 넣어 고루 섞어요. 밥에 비벼 먹으면 그야말로 꿀맛이죠.

우리 나라만의 구수하고 독특한 맛 된장

우리는 된장으로 찌개도 끓여 먹고 국도 끓여 먹어요. 쌈을 싸 먹거나 야채를 찍어 먹기도 하지요. 된장은 비린내를 없애는 효과도 있어요. 그래서 고등어나 게 등 비린내 나는 생선을 요리하거나 수육을 삶을 때도 이용해요. 뿐만 아니라 나물이나 겉절이를 무칠 때도 맛깔스럽게 이용하는 우리 고유의 장이랍니다.

 ### 된장은 언제부터 먹었나요?

중국의 《삼국지》〈위지동이전〉에 보면 "고구려에서 장양을 잘한다"는 기록이 있어요. 장양이란 술을 빚거나 장을 담그는 등의 발효성 가공 식품을 가리키는 말이에요. 이러한 기록으로 보

아 삼국 시대 이전부터 이미 된장, 간장이 한데 섞인 걸쭉한 것을 담가 먹었다는 것을 알 수 있어요. 그리고 삼국 시대에 와서 간장, 된장을 분리하는 기술이 발달되었지요. 조선 시대에 기록된 《구황촬요》와 《증보산림경제》에 좋은 장을 담그는 방법이 자세히 나와 있어요. 기록된 내용의 첫머리를 보면 "장은 모든 음식 맛의 으뜸이다. 집안의 장맛이 좋지 아니하면 좋은 채소와 고기가 있어도 좋은 음식이라 할 수 없다."고 했어요. 그리고 장은 지금도 그 집의 음식 맛을 결정하는 가장 중요한 음식이지요.

간장과 된장의 차이점

메주를 소금물에 숙성시키면 건져 낸 건더기는 된장이 되고, 남은 즙액은 간장이 되는 거예요.

된장의 종류

하나 간장을 담가서 장물을 떠내고 건더기를 쓰는 재래식 된장

둘 메주에 소금물을 알맞게 부어 장물을 떠내지 않고 먹는 개량식 된장

셋 재래식 방법과 개량식 방법을 절충한 된장

된장 만들기

재래식 된장

❶ 11~12월 경에 삶은 콩을 찧어 목침 만한 크기로 메주를 빚어요.

❷ 빚은 메주를 2~3일간 말린 후 훈훈한 곳에 볏짚을 깔고 넣어 띄워요.

❸ 30~40일이 지나 메주가 잘 떴을 때 메주를 쪼개어 볕에 말려요.

❹ 말린 메주를 장독에 넣고 하루쯤 가라앉힌 소금물을 부어요. 이 때 메주와 물, 소금의 비율은 1:4:0.8 정도가 좋아요.

❺ 장독에 빨갛게 달군 참숯을 띄우고 말린 붉은 고추를 꼭지째 불에 굽고 대추도 구워서 함께 띄워요. 불순물과 냄새를 제거하기 위해서지요.

❻ 20~30일이 지난 후 메주를 건져서 소금을 골고루 뿌리고 간장도 쳐서 질척하게 개어, 항아리에 꼭꼭 눌러 담고 웃소금을 뿌려요.

❼ 빗물이 들어가지 않게 주의하면서 망사 등으로 봉해 햇볕을 쬐면 메주가 삭아서 된장이 되지요.

개량식 된장

❶ 재래식과 같은 방법으로 메주를 쑤어 주먹만한 크기로 빚어요.

❷ 오래 띄우지 않고 말려요.

❸ 장독에 차곡차곡 담아요.

❹ 가라앉힌 맑간 소금물을 메주가 잠길 정도로만 붓고 뚜껑을 덮어서 한 달 정도 둬요.

❺ 다른 장독을 준비하여 메주를 옮겨 담으면서 켜켜이 소금을 뿌리고 망사 등으로 봉해서 햇볕을 쬐어 익혀요.

절충식 된장

❶ 메주를 굵직굵직하게 빻아요.

❷ 빻은 메주를 삼삼한 소금물에 되직하게 개어 삭혀요.

❸ 간장을 뜨고 남은 메주를 잘 섞어서 질척해질 때까지 치댄 후 담아 봉해요.

메주 만들기

❶ 콩을 깨끗하게 씻어 불려요. 불리는 시간은 여
  름에는 6시간, 봄, 가을은 12~15시간, 겨울
  에는 24시간 정도가 좋아요.

❷ 씻어 불린 콩을 삶아요. 콩이 적갈색을 띠며 손
  가락 사이에서 부서질 만큼 연하고 끈기가 생
  길 정도로 삶아요.

❸ 삶은 콩을 따뜻한 정도(40℃)로 식혀요.

❹ 목침만하게 메주를 빚어요.

❺ 빚은 메주는 통풍이 잘 되는 서늘한 곳에 두어 꾸덕꾸덕하게 말려요. 상자나 널빤지 위에 서로 닿지 않도록 늘어놓은 다음 전체가 마르지 않도록 젖은 헝겊으로 덮고 그 위에 담요를 씌워요. 메주방의 온도는 26~28℃를 유지하는 것이 좋답니다.

❻ 메주를 띄워서 24시간이 지나면 황국균의 포자가 발생하면서 온도가 올라가기 시작해요. 이때 담요를 벗기고 메주의 위치를 바꿔요. 7~8시간이 지나면 흰곰팡이가 보이기 시작해요.

❼ 흰곰팡이가 피기 시작한 후 7~8시간이 지나면 담요를 벗겨 온도를 조절하거나 환기를 시켜요.

❽ 그 후 24시간이 지나면 황록색의 곰팡이가 덮이게 되는데 이때부터 48시간 동안 햇볕에 말려요.

❾ 단단하게 말린 후 습기가 없는 곳에 보관해요.

된장의 영양

100세 이상의 노인분들 1,228명을 대상으로 설문조사한 결과, 94.9%에 이르는 분들이 하루 한 끼 이상 된장을 드시고 계셨어요.

또 얼마 전 서울대 노화 및 세포사멸연구센터에서는 된장에 돌연변이 및 암세포 증식을 억제하는 효능이 있다는 연구 결과를 발표했어요.

된장에는 뱃속을 편하게 해 주며 피를 맑게 해 주고 독소를

분해하는 기능이 있어요. 뱀이나 독벌레, 벌 등에 쏘였을 때 된장을 바르는 이유도 바로 그 때문이지요. 뿐만 아니라 고혈압 예방과 간기능 회복에도 효과가 있어요. 단백질, 당질, 칼슘, 인, 철, 비타민 B_1, 비타민 B_2등은 된장이 가지고 있는 기본적인 영양소랍니다.

 ## 청국장과 된장의 차이점

청국장은 콩을 발효시키는 기간이 길어야 2주예요. 메주로 만들어 말리는 발효 기간을 거치지 않는 것이지요. 삶은 콩을 짚 위에 깔고 이불을 덮어 45℃의 온도를 유지해 주면 특유한 향이 나는 청국장이 된답니다.

된장과 잘 어울리는 음식

부추 된장국

된장국은 그 많은 효능에 비해 소금의 과잉 섭취와 비타민 A, 비타민 C의 부족이라는 두 가지 문제점이 있어요. 그래서 비타민 A와 비타민 C가 풍부한 부추를 된장과 함께 끓여 먹는다면 된장의 부족한 점을 보충할 수 있지요. 또한 부추 된장국을 끓여 먹으면 부추에 많이 들어 있는 칼륨이 몸 밖으로 배설될 때 몸에 나쁜 나트륨을 끌고 나간답니다.

미역 된장국

미역에는 중금속을
해독하는 작용이 뛰
어난 알긴산이 들어 있어
요. 알긴산은 중금속뿐만
아니라 농약, 발암
성분까지 스펀지처
럼 흡수해 몸 밖으로 배출시키죠. 된장에 미역과 해조류를
넣어 만든 미역 된장국은 완벽한 해독 식품으로 손색이 없
답니다.

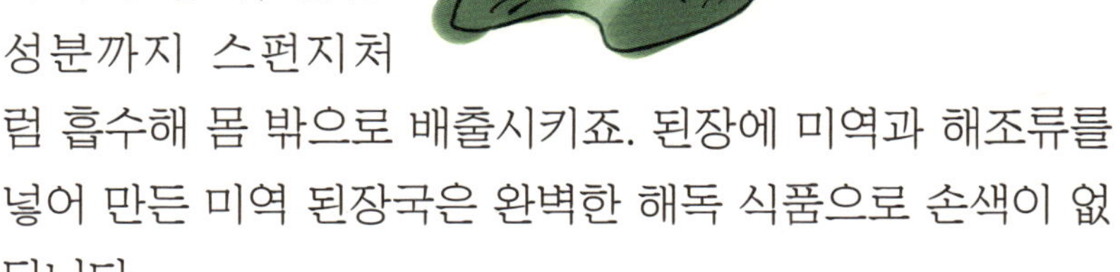

사골 된장국

사골은 단백질이 풍부해요. 비타민 B_2를 많이 함유하고 있
어 간의 해독 작용을 돕는 된장과 사골을 함께 끓여 먹으면
머리도 맑아지고 힘도 쑥쑥 난답니다.

통째로 먹는 된장

생된장 먹기

우리 몸에 가장 좋은 건 아예
생된장을 먹는 거예요. 짠맛
이 걱정이라면 양파, 부추,
깻잎을 3:1:1로 다져 생된
장에 버무린 후 하루 정도 숙
성시켜 먹으면 좋답니다.

된장차 먹기

생된장을 미지근한 물에 풀어 차
처럼 마시는 것도 좋아요. 물
200cc에 된장을 밥 숟가락
으로 반 정도 넣고 잘 으깨
면 된장차가 완성돼
요. 소화가 안 될 때나
아침 먹기 전에 먹으면
장이 깨끗해진답니다.

된장의 또 다른 형제 쌈장

식구들과 빙 둘러앉아 지글지글 고기를 구워 먹을 때 빠지지 않는 것이 있어요. 바로 고기를 싸서 먹는 상추와 깻잎이죠. 여기에 하나 더! 바로 쌈장이죠. 쌈장 없는 쌈을 진정한 쌈이라 할 수 없잖아요? 그런데 가만 보니 쌈장은 된장과도 비슷하게 생겼어요. 주된 재료도 된장처럼 콩이지요. 와, 벌써 눈치 챘어요? 맞아요, 쌈장도 된장과 형제예요.

쌈장 만드는 방법

만들어진 된장에 고춧가루, 마늘, 생강 등 갖은 양념을 하면 쉽게 쌈장을 만들 수 있어요.

쌈장의 종류

쌈장에는 넣는 재료에 따라 쇠고기 쌈장, 보리새우 쌈장, 고추두부 쌈장, 참치 쌈장 등이 있어요.

우리 고유의 전통 식품 짭조름한 간장

간장이 맛이 없으면 그 해에 큰 재해가 온다고 할 만큼 간장 담그기는 아주 중요한 행사로 내려오고 있어요. 나물과 볶음, 조림, 찜, 찌개, 국 등의 요리에 가장 많이 사용되는 것이 바로 간장이에요. 아무리 좋은 재료도 간장이 맛이 있어야 제 맛이 난답니다.

 ## 간장의 종류

원료에 따른 분류

· 조선 간장 – 전분질을 사용하지 않고 콩만을 원료로 하여 주로 세균에 의존해서 발효시킨 간장이에요.

· 일본 간장 – 콩과 전분질을 혼합하며 발효균으로서 곰팡이를 사용한 간장이에요.

· 어간장 – 어체나 그 내장을 원료로 하며, 미생물의 힘을 빌리지 않고 자체의 효소에 의해서 분리 숙성된 간장이에요.

154

농도에 따른 분류

- 진간장 – 담근 햇수가 5년 이상 되어 맛이 달고 색이 진하며 약식, 전복초 등을 만드는 데 넣는 간장이에요.
- 중간장 – 담근 햇수가 3~4년 된 것으로 찌개나 나물을 무치는 데 넣는 간장이에요.
- 묽은간장 – 담근 햇수가 1~2년 정도 되어 맑고 색이 연하여 국을 끓이는 데 넣는 간장이에요.

제조법에 따른 분류

- 재래식 간장(양간장) – 순콩으로 만든 간장이에요.
- 개량 간장(양조간장) – 콩밀로 제조하여 부산물인 된장이 나오지 않아요.

- 아미노산 간장(화학식 간장) – 단백질 원료를 염산으로 가수 분해(무기 염류가 물의 작용으로 산과 알칼리로 분해되는 것) 후 알칼리로 중화해서 짧은 시간에 만든 간장이에요.

간장 만들기

❶ 늦가을(음력 10월)에 쑤어 겨우내 정성들여 띄운 메주를 준비해요.

❷ 소쿠리에 소금을 담아 물을 부어 소금물을 만들고, 이것을 가라앉혀 고운 체에 다시 걸러요.

❸ 솔로 깨끗하게 씻은 메주를 항아리에 담고 그 위에 준비한 소금물을 부어요.

❹ 그 위에 숯, 고추와 대추를 넣은 뒤 뚜껑을 꼭 닫아요.

❺ 3일이 지나면 뚜껑을 열어 햇볕을 쬐어 줘요.

❻ 망사로 항아리를 봉해서 40일 정도 둬요. 이때에도 뚜껑을 자주 열어 볕을 잘 쬐어 줘요.

❼ 40일 후에는 항아리에 넣었던 숯, 고추, 대추를 꺼내고 다른 간장독을 준비해서 체를 올려놓고 장을 떠요. 체에 밭친 간장은 그대로 쓰기도 하고 달여서 거품을 거둬낸 다음 식혀서 붓기도 해요.

맛간장 만들기

재료
간장 4큰술, 꿀, 레드와인, 설탕 1컵,
물엿 4큰술, 생강 1쪽, 마늘 6~7쪽,
깻잎 30장, 통후추 1큰술, 건홍고추
10~12개, 청양고추 5~6개

❶ 냄비에 청양고추를 제외한
모든 재료를 넣어요.

❷ 중간 불에서 15분 정도 끓이다가
약한 불에서 5분 정도 더 끓여요.

❸ 불을 끄고 세로로 자른 청양고추를 넣은
다음 2~3시간 정도 그대로 둬요.

❹ 청양고추의 향이 우러나면 건더기는 건져
내고 간장만 따로 받아 밀폐 용기에 보관
해요.

다양한 종류의 간장

굴소스 간장(간장+굴소스)

달콤하면서도 짭짤한 맛과 향이 입맛을 돌게 해 주는 굴소스 간장은 떡볶이나 해물 잡채를 만들 때 사용해요.

유자 간장(간장 + 유자청)

레몬보다 비타민 C가 3배나 더 들어 있는 유자청은 재료의 잡맛을 없애 음식을 깔끔하게 해 줘요. 유자간장은 생선을 굽거나 맛없는 부위의 고기를 잴 때 좋아요.

매운 간장(간장+고춧가루)

고춧가루는 우울증을 없애 주며 다이어트에도 좋아요. 매운 간장은 어떠한 음식과도 잘 어울리지만 특히 차돌박이나 생선튀김, 버무리기만 해도 맛깔스러운 요리를 만들 때 사용해요.

매실 간장(간장+매실청)

매실은 피를 맑게 해 줘요. 매실 간장은 돼지고기나 소고기 등의 육류에 넣어 요리하면 맛은 물론 건강에도 좋아요.

꿀조림 간장(간장+꿀)

꿀은 몸이 허약할 때 먹으면 체력을 보강해 주는 좋은 음식이에요. 꿀조림 간장은 간식이나 반찬에 두루두루 사용할 수 있으며 고기나 생선을 구울 때, 멸치나 어묵 볶음을 할 때 사용하면 요리에 윤기와 맛을 더해 줘요.